안녕, 바람

난 잘 지내고 있어

안녕, 바람

난 잘 지내고 있어

강미 지음

팀

차례

1

프로크루스테스의
침대

앞문이 열렸다. 왁시글거리는 3학년 1반 교실에서 유일하게 그 소리를 감지한 여학생이 고개를 든다. 마중이라도 나가듯 선영의 눈길이 게시판 앞 허공쯤에서 정해를 맞이한다. 정해는 보통 키에 예쁘지도 그렇다고 딱히 못생기지도 않은, 그저 그런 애였다. 존재감 없기는 선영도 마찬가지라서 반 애들의 관심 밖에서 조용하게 노는 쪽이었다. 둘은 등굣길에 우연히 만나 말문을 튼 이래로 지금은 유일한 친구가 되었다. 서로를 알아보게 된 것인데 선영은 자기 세계가 분명한 정해가 대단해 보였고 정해는 자신의 속내를 가감 없이 받아 주는 선영이 좋았다.

정해가 자기 자리에 털썩 주저앉자 선영이 몸을 돌려 재빨리 말했다.

"상담 잘했어? 담임이 뭐라고 해?"

"내 성적도 몰라. 희망 학교 써 낸 종이 보더니 그러라고, 그게 끝이더라."

"뭐? 상담 안 해 줘? 성적 괜찮은데 왜 특성화고냐고 묻지도 않아?"

정해가 입을 비죽이며 어깨를 으쓱였다. 담임이 인문계로 설득해 주길 기대했던 선영은 맥이 풀렸다. 터져 나오는 말이 고울 리 없다.

"그러는 게 어디 있어? 반장은 몇 날 며칠 부르더니만."

"이번엔 아예 교장실로 몰려 들어가더라. 과학고 갈 애들인가 봐."

"우리는 이 학교 학생 아닌가?"

"적어도 명예를 빛낼 애들은 아닌 거지. 쉿, 저기 온다."

담임이 들어와 교탁을 여러 번 쳤다. 그래도 소란이 그치지 않자 삐액, 호루라기를 불었다. 선영은 무엇보다 저 소리가 싫다. 이어질 잔소리도 짜증 나지만 사람대접을 못 받는 기분부터 든다. 하긴 애들을 싸잡아 짐승 새끼만 못하다며 욕하는 선생도 있다. 호루라기가 짧게 몇 번 더 울리자 떠드는 소리가 잦아들며 애들이 앞을 보았다. 늘 같은 레퍼토리의 종례가 끝나는가 싶더니 교무실에 들르라는 명단에 선영이 포함되어 있다. 선영은 눈을 동그랗게 떴고 정해는 기다리겠다고 말했다.

엄마는 운전 중에 경찰을 보면 괜히 긴장된다고 했다. 선영은 교무실을 들어설 때마다 엄마의 마음을 알 것 같았다. 잘못한 게 없는데도 뭔가 켕기고 불편했다. 담임은 선영이 온 걸 아는지 모르는지 대화에 열중하고 있다. 반장을 비롯해 아는 이름들이 나오는 걸 봐서는 입시 이야기인 듯한데 팔아먹기 어렵다느니 오더대로 안 된다느니 하는 말은 알아들을 수 없었다. 옆자리 선생이 일어서자 담임은 선영을 알은체하며 빈 의자를 가리켰다. 선영에게 요구르트를 권하는 동시에 책꽂이에서 서류철을 뽑아 들었다. 담임은 교실에서와 달리 에너지가 넘치고 기분도 좋아 보였다.

"하마터면 너를 놓칠 뻔했어. 천만다행이지 뭐야."

선영이 눈만 끔벅이자 담임이 파일을 짚었다. 선영은 담임의 손짓을 따라 고개를 숙였다.

"여기 네 영어 성적, 딱 3퍼센트. 나 모르게 외고 준비했던 거야? 엄마가 관리하신 거지? 과는? 영어? 합격선이지만 잘난 애들 틈에서 내신 따기 어려우니 일어과나 러시아어과는 어떨까? 네 생각은 어때, 엄마는 뭐라고 하셔? 면접 대비 학원은 다니고 있어?"

대답할 틈 없이 퍼붓던 담임이 숨을 고르듯 차를 마셨다. 선영은 요구르트만 만지작거렸다. 무슨 말인지 당최 알아들을 수 없으니 대답을 할 수도 없다. 특목고 원서 쓰는 기간에 자신이 불린 이유를 겨우 짐작하게 되었을 뿐이다. 최상위권 애들이나 가는 줄 알았던 외고에? 시후 오빠가 다니는 그곳에? 선영은 스스로 신기한 마음이 들어 마음이 봉긋 부풀었다. 갑자기 자신의 가치가 엄청나게 높아진 듯했다. 하지만 거짓 대답을 할 수는 없다.

"저는 생각조차 못했어요. 외고가 정말 영어만 봐요?"

"맞춤형으로 영어만 공부한 애들도 원서 못 써서 안달인데 너는 운도 좋다. 집에 가는 대로 엄마하고 상의해 봐. 나도 전화드릴 테니. 암튼 너, 잊지 마라. 외고 합격하면 다 내 덕이다! 이제부터 다른 생각 말고 면접 준비에 올인해. 평소에 책 많이 읽고 생각도 깊으니 반드시 성과가 있을 거야. 정해랑 어울려 다니지 말고. 알고 있겠지만, 걔랑 너는 이미 길이 달라."

선영은 찌푸려지는 인상을 들킬까 봐 서둘러 담임의 시선을 피했다. 반에서는 모두 한식구라고 강조하면서 뒤로는 저렇게 편 가르기를 하는 담임이 이해되지 않았다. 그동안 두어 번 반발해 보았지만 결과는 더 찜찜했다. 어려서 뭘 모른다는 것도 웃기고 너를 아껴서라는 말은 더 밥맛이었다. 담임은 기분 나쁘겠지만, 선영은 그런 말을 들을수록 오히려 정해가 더 좋아졌다. 그럴 때마다 엄마는 네가 순수해서라고 했지만 그 대답 역시 마음에 들지 않았다. 물론 정해에게는 담임과 엄마 말을 옮기지 않았다.

선영은 톤 높은 담임의 음성을 뒤로 하고 교무실 밖으로 나왔다. 잠시 멈춰 바라보는 복도 끝이 아득했다. 선영은 천천히 걸었다. 외고라니, 한 번도 생각지 않던 길이 눈앞에서 어른거렸다. 안개를 뭉쳐 놓은 것처럼 흐릿했지만 마음이 일렁일 만큼 충분히 매력적이다. 평소 싫어하는 담임이지만 기울여 주는 관심이 고맙기도 했다. 선영은 안개를 걷어 내기라도 하듯 손을 내젓다가 계단을 내려오는 반장을 보았다. 하필이면 이때, 멋쩍어진 선영이 얼른 손을 내렸다. 가까이 온 반장이 선영을 보고 고개를 갸웃거리며 말했다.

"헐! 너도 특목고야?"

빈정거리는 말투, 자존심을 긁는 방법도 가지가지다. 엄마의 분석대로 성격이 예민한 것일까, 선영은 사소한 표현에도 감정이 흔들리고 상처를 깊게 받는 편이다. 지금도 반장의 말에 발끈 화부터 났다. 흥, 특목고가 그렇게 대단한 곳인가. 선영은 반장이 선 계단까지 올라가 눈높이를 맞췄다.

"어, 그게……. 아니야, 아직 몰라. 고민 중이야."

당당하게 내지르고 싶은 마음과 다르게 말이 제대로 나오지 않았다. 그러거나 말거나 반장은 관심을 껐는지 되묻지도 않는

다. 선영은 저만치 내려가는 반장의 뒷모습을 하릴없이 바라보다
가 계단을 올라갔다.

교실은 벌써 어스름하고 서늘했다. 하루의 소란스러움이 한꺼
번에 사라진 자리에 들어선 적막이 낯설었다. 선영은 형광등 스
위치를 누르다 말고 정해에게 다가갔다. 친구가 가까이 온 줄도
모르고 정해는 고개를 파묻고 있다. 사각사각, 연필 움직이는
소리가 듣기 좋아 선영은 정해가 알아차릴 때까지 가만히 서 있
었다.

"어? 언제 왔어?"

"응, 방금. 오늘 모델은 누구야?"

요즘 정해는 《그리스 로마 신화》를 그리고 있다. 크로키를 좋
아하는 선영과 달리 정해의 세밀화는 하루 종일 연필을 대고 있
어도 두세 장을 넘지 않는다. 선영은 정해가 그림을 짚어 가며
들려주는 에피소드를 좋아했다. 어떤 이야기든 정해의 입과 손
을 통하면 재밌고 신기하게 바뀐다. 어릴 때부터 혼자 놀아서 그
렇다고 하지만 선영이 보기엔 정해만의 장기였다. 인물에 따라
목소리를 바꾸고 강약을 조절하는 건 아무나 할 수 있는 게 아
니다. 정해의 이야기를 듣고 있으면 초등학교 다닐 때 푹 빠졌던
만화 '그리스 로마 신화'가 저절로 떠올랐다. 뇌의 어느 갈피에

숨어 있던 기억이 툭툭 불거지는 기분이 들었다. 담임이나 다른 애들이 정해의 장기를 모르는 게 안타까웠으나 한편으로는 혼자만 소중한 것을 알고 있는 양 뿌듯했다.

첫 그림은 설명 없이도 알만 했다. 보물 상자 같은 걸 앞에 두고 있으니 판도라다. 헤파이스토스가 만든 최초의 여자 인간, 호기심을 견디다 못해 열어 본 상자에서 튀어나온 온갖 재앙과 질병, 닫힌 상자 안에 유일하게 남은 '희망.' 그 정도는 선영도 알고 있으므로 페이지를 넘겼다.

"침대? 뭐더라. 만화책에서 본 것도 같은데……."

정해의 옆자리에 앉으며 선영이 말했다.

"이 침대에 우리가 누우면 어떨까? 빈 공간이 남을까, 아니면 모자랄까? 으으, 강선영, 당신은 키가 작군요. 그럼 내가 늘여 주겠어요. 자, 이리 와요."

"왜 이래? 무서워."

아닌 게 아니라 교실은 더 어둑어둑해졌다. 잠깐 뜸을 들인 정해가 선영을 보고 성우처럼 또박또박 말했다.

"프로크루스테스의 침대야. 그는 아테네의 길목을 지키는 도둑이지. 온갖 나쁜 짓을 저지르는 놈이었는데, 밤마다 길을 지나가는 나그네에게 잠자리를 주겠다며 집으로 데려갔어. 쇠로 만든 침대는 딱딱하고 얼음같이 차가웠겠지. 프로크루스테스는 그

침대에 나그네를 눕힌 다음 몸길이가 침대보다 짧으면 몸을 늘여서 죽였고, 몸길이가 침대보다 길면 긴 만큼 잘라 죽였어."

"왜? 뭔 악취미래?"

"전들 알겠습니까? 마음에 들지 않는다는 거겠죠. 자기 기준에 안 맞는다고."

"별난 놈 다 보겠다. 정해야, 가자. 이렇게 늦었으니 최단 코스인 시장길?"

수업을 마치고 집으로 돌아갈 때 정해는 매번 길을 바꾼다. 편의상 시장길, 아파트길, 성당길, 성곽길, 논길, 산길로 불리는 그 길을 정해와 선영이 나란히 걷는데 같은 길이라도 해찰에 따라 귀가 시간이 제각각이다. 20분 거리가 한두 시간을 훌쩍 넘길 때가 많다. 국수 장수 할머니와 사는 정해는 집에 가 봤자 아무도 없고, 고등학교 교사 엄마와 사는 선영 또한 마찬가지였다. 월수금, 수학 학원을 가야 하지만 저녁 8시에 시작하니까 아무 지장 없었다.

가방을 챙기는 정해를 보고 섰는데 쿵쾅거리는 소리가 점점 다가왔다. 무슨 일인가 싶은 순간, 교실 앞문이 부서질 듯 열리고 검은 물체가 씩씩거리며 들어섰다. 눈앞의 책상을 걷어차고 교탁까지 내리치더니 앞자리에 있던 가방을 낚아챘다. 선영과 정해 쪽을 못 보았는지, 봐도 상관없는지 혼자 씨근덕대더니 냅다 교실 밖으로 나가 버렸다. 갑자기 벌어진 상황이라 느닷없이 한 대 맞은 것처럼 정신이 멍했다.

"성질하고는. 반장 왜 저러니?"

"낸들 알겠어? 과학고 못 가는 거 아냐? 에이, 몰라. 가자. 침대 이야기를 들어 그런지 귀신 나올 것 같아."

정해의 물음에 선영이 걸음을 옮기며 대답했다. 그사이 복도는 완전히 어두워져 앞이 안 보일 지경이다. 선영과 정해는 누가 먼저랄 것도 없이 바짝 붙어 팔짱을 낀 채 걸음을 재게 놀렸다.

"너, 시후 오빠하고 이런 거 못해 봤지? 아, 짝사랑의 슬픔이여. 손이라도 잡을 날이 그 언제런가요."

무섬증은 마찬가지였는지 정해가 농담조로 말했다. 선영은 시후 오빠의 이름이 나오자 누가 없는지 주위부터 살피며 정색했다. 정해는 팔짝팔짝 뛰는 선영의 반응이 우스워 은근히 부추겼다. 그렇게 웃고 낄낄거리다 보니 어느새 동편 현관을 빠져나오고 컴컴한 교문도 잘 통과했다.

다음 날은 토요일, 알람 소리에 놀란 선영은 침대에서 급히 몸을 일으켰다. 간밤에 엄마와 입시 정보를 찾으려고 외고 홈페이지를 들락거렸고 침대에 누워서도 잠이 들지 않아 한참을 뒤척였다. 외고라는 선택지 때문이기도 했지만, 시후 오빠에 대한 생각이 더 컸다. 아까시나무 줄기라도 있으면 시후 오빠 온다, 안 온다, 읊조리며 잎을 하나씩 따고 싶었다. 일단 수능 시험이 끝 났으니 만남을 기대해 봄직했다. 하루 종일 만들어 보냈던 초콜 릿은 먹었을까? 카드는 마음에 들었을까? 생각이 꼬리를 물었다. 이런저런 힌트로 찔러본 바 엄마는 모르는 듯싶었다.

선영은 간식 준비를 핑계 삼아 정샘에게 전화해 보라고 엄마 를 졸랐다. 선영은 언제부터인지도 모르게 시후 오빠 엄마를 정 샘으로 부르고 시후 오빠와 시은은 선영의 엄마를 민샘이라고 부르고 있다. 그런데 어찌된 셈인지 엄마의 표정이 좋지 않았다. 등산이라면 자다가도 벌떡 일어나고 정샘이라면 얼굴부터 환해 지던 엄마가 이번엔 반응이 영 시큰둥했다. 결국 이상한 위기감 에 사로잡힌 선영이 등산은 갈 거냐고 쏘아붙였다.

싸우기라도? 하지만 선영은 이내 고개를 저었다. 그럴 리가 없 다. 엄마와 정샘은 친구를 넘어 동지라 믿는 사이였다. 대학 다닐 때부터 밤낮으로 붙어 지내며, 엄마의 표현대로라면, 학교와 나 라를 위한 일을 했다고 했다. 각자 결혼한 이후로도 마찬가지였 다. 선영은 최근에 와서야 자신이 자라 온 방식이 공동 육아, 품 앗이 공부방으로 칭해진다는 것을 알았다. 여러 집이 붙기도 하 고 떨어져 나가기도 했지만 언제나 변하지 않았던 멤버는 시후 오빠, 시은, 선영이었다. 그건 엄마와 정샘이 언제나 중심이었다는 뜻이기도 했다. 아빠와 헤어지고도 꿋꿋하게 지내지만 정샘 없는 엄마는 상상할 수 없다. 아, 몰라. 어쨌든 가야 해. 선영은 혼잣말을 하면서 옷을 입었다. 등산은 여전히 싫지만, 내려갈 거 뭐 하러 올라가는지 여전히 모르지만, 시후 오빠가 올 수도 있으므로 무조건 가야 했다. 외고 진학을 핑계 삼아 이야기를 나눌 수 있는 절호의 기회를 놓칠 수 없다.

멀리 시후 오빠 아파트가 보였다. 어른들은 분양가 하나로 아파트를 재단하지만 선영의 생각은 달랐다. 정해의 말처럼 사랑은 상대가 속한 전부를 달리 보게 만드는 것인지 저 아파트 단지는 나무가 많고 층수도 인간적이다. 규모가 사람을 압도시키지 않아 좋았다. 이제 마지막 모퉁이, 뒷좌석에 앉은 선영이 몸을 앞으로 뺐다. 그래도 엄마는 놀라지도 않고 묵묵히 운전만 하고 있다. 어떤 생각에 단단히 빠졌음이 분명하다. 선영은 엄마를 흘깃거리다가 다시 차창 밖을 바라보았다. 드디어 시은이 보이고 정샘도 알아보겠는데, 아아, 시후 오빠는 없다. 기대와 설렘으로 뭉쳤던 마음이 와르르 무너졌다.

가을이면 한 번은 와 주어야 한다는 산에 도착했다. 와 주다니, 산이 말한 것도 아니고 누가 시킨 것도 아니지만 엄마와 정샘의 표현이 그렇다. 여기뿐이 아니다. 봄을 알리는 야생화가 피니까, 어떤 나무가 꽃을 피우니까, 열매가 끝내주게 예쁘니까 하면서 일 년 내내 가야 할 곳이 줄을 섰다. 작년과 다를 바 없고 내년에도 반복된다는 걸 모르는 사람들처럼 즐거워하고 감동하니 평생 심심할 겨를이 없지 싶다. 단풍이 유독 아름다워 낙점된 이번 산은 원점 회귀까지 네 시간밖에 걸리지 않지만 바위산과 계곡이 다채롭고 좁은 오르막과 좌우가 트인 능선을 고루 맛볼 수 있는 곳이다. 네 시간을 두고 밖에라니, 그 또한 엄마와 정샘의 말일 뿐 선영에겐 네 시간이나 되는 고행의 시간이다. 산을 많이 타서 걷기도 잘하는 거라고 정해는 위로하지만 등산이 어떻게 한두 시간 걷는 것과 같은가.

"시후가 안 와서 서운하다. 물어볼 말도 있고. 게다가 여기는 시후가 멋있다고 감탄한 산인데."

설마 딸의 마음을 읽었나, 엄마의 말에 선영은 깜짝 놀랐다. 시후 오빠가 감탄한 산이라고? 선영은 억새를 보는 척하면서 정샘의 대답에 귀를 기울였다.

"그러지 않아도 많이 아쉬워하더라. 수능 쳐도 바쁘긴 매한가지네. 논술 수업 갔어."

"엄마, 오랜만에 선영 언니 만났는데 저녁 같이 먹자. 오빠가 삼겹살 먹고 싶다고 했잖아. 민샘, 그래도 되죠?"

시은의 말에 정샘이 잠시 당황하고 엄마는 승낙의 말꼬리를 흐렸다. 하지만 선영은 한 살 어린 시은을 와락 안을 뻔했다. 어릴 때부터 자매처럼 지내긴 했지만 오늘 가장 귀엽고 예뻤다.

산의 초입은 계속 오르막이다. 큰 암자를 지나도 오르막은 이어지지만 그때부터는 한결 넓은 길이라 걷기에 편하다. 그래서 쉬면서 간식을 먹는 첫 번째 장소도 대개 그 암자 건너편이 된다. 저녁에 만날 수 있는 시후 오빠가 감탄한 산이라니 경치가 다르게 보였다. 선영은 시후 오빠와 함께 걷는다고 상상하며 쭉 뻗은 소나무나 붉게 물든 단풍나무를 세심히 바라보았다.

시간이 지날수록 어른들과 간격이 벌어졌다. 날다람쥐 같은 시은이 저만치 앞서 가고 엄마와 정샘은 자꾸 뒤처졌다. 돌아보니 두 분 표정이 심상치 않다. 선영은 일부러 천천히 걸어 말소리가 들릴 만큼 간격을 좁혔다.

"걔에게만 특혜를 줄 순 없지. 그럴 때 다른 애들은 다 벌점 받잖아."

"특혜라니, 너마저 그렇게 말할 줄 몰랐다. 창수는 벌점 주고 징계 먹이면 더 튀어. 품어야 하는 애란 말이야. 담임이 그러겠다는데 부장이, 교장이, 학교가 그 정도 아량이 없어?"

"언제까지 봐줄 건데. 애들 쉽게 안 변해. 널 이용하는 것일 수도 있어. 그리고 다른 애들 생각도 해야지. 일일이 사정 봐주다가는 조직이 유지되기 어렵다고."

"야, 정미영. 너 많이 변했다. 학교로 보면 천 명 중 하나일 뿐이지만 창수에게는 인생 전부야. 언제부터 네가 사람보다 시스템을 우선했어? 차라리 솔직히 말해. 나하고 엮여서 네 입장이 난처해지는 게 싫은 거잖아. 기간제 자리 알아봐 주고 담임까지 맡겼는데 삐딱선 탄다고 말이야. 아니야?"

주고받는 말이 거칠어지고 걸음은 느려졌다. 다행히 첫 번째 휴식 장소가 멀지 않았다. 시은이 있는 곳까지 가면 말도 끊기겠지. 선영의 온 신경이 뒤를 향해 곤두섰다. 엄마가 정규 교사가 아니라는 건 선영도 아는 사실이다. 젊은 시절 근무하던 사립학교는 결혼과 함께 퇴직했고 그 이후 자리가 날 때마다 기간제 교사로 일하고 있다. 돈이 아쉬워서 하는 일은 아니라고 했다. 물려받은 재산이 많은 아빠 덕분에 함께 사는 동안은 물론 이혼 후에도 돈 걱정은 없었다.

정샘이 기간제 자리를 많이 연결해 주긴 했지만 이번처럼 같은 학교에 근무하는 건 처음이다. 입장과 역할이 달라서 그런지 부딪치는 게 많다는 얘기는 전에도 들은 바 있다.

"민 선생, 너야말로 매사 학교를 물고 늘어지는 이유가 뭐야. 떠나면 그만이니 휘저어 보자는 거야? 너도 선생으로 있는 한 학교라는 틀을 인정하고 따라 줘야지."

"차갑고 딱딱하게 굳은 틀? 학교는 이런 곳이니 따라올 놈만 따라오고 나머지는 도태되어도 할 수 없다? 선생들도 똑같아. 그러니 철밥통 소리나 듣지. 안 그래?"

"민수진, 너 진짜……."

엄마도 정샘도 성격 하나는 정말 직설적이다. 30년 지기가 맞는지 의심스럽다. 선영은 저러다 누구 한 사람 하산해 버릴지 모른다는 불안함으로 다급하게 몸을 돌렸다. 수상한 낌새는 멀리서도 표시가 나는지 시은이 이쪽을 향해 양팔을 흔들었다. 적절한 타이밍이라 생각하며 선영은 엄마를 끌다시피 하면서 앞서 걸었다. 뒤에서 정샘의 한숨 소리가 들렸다.

시은이 빨리 오라고 재촉한 이유는 따로 있었다. 암자 입구로 연결된 길이 거대한 양철 벽으로 완전히 막혀 있는 데다 오르막을 따라 길게 이어지고 있었다. 벽을 타고 넘어갈 수 없도록 가시 철망까지 쳐져 있었다. 스님이나 신도들은 어른 키쯤 되는 양철 문을 통해 드나드는 것 같은데, 지금은 큰 자물쇠로 채워져 있다. 선영이 보기에도 양철 벽으로 인해 단풍이 끊기고 풍경이 잘라져 흉하기 짝이 없다. 먼저 온 등산객들이 양철 벽을 치거나 자물쇠를 흔들었다. 양철 두드리는 소리가 메아리를 만들며 온 산에 퍼졌다. 문을 통해야 평소에 다니던 완만한 오르막길로 접어들 수 있는데, 암자 쪽에서는 아무런 반응이 없다. 선영은 눈

살을 찌푸렸다. 철판에 반사된 맹렬한 햇빛에 눈을 제대로 뜨기 힘들다. 양철 벽을 두드리던 엄마와 정샘은 이제 다른 등산객과 합류하여 문 열어 달라고 소리를 질렀다. 서로 얼굴을 붉히며 언쟁을 벌였던 일은 그새 잊었나 보다.

"아이고, 우리는 목이 재산인데 너무 질렀다. 일단 좀 쉬자."

정샘의 말에 엄마가 얼른 동의하며 야외용 자리를 꺼냈다. 그걸 보며 선영은 혼자 피식 웃었다. 질기게 싸우다가도 공동의 적에 당장 한편이 되는 걸 보면 친구 이상의 관계이긴 하다. 엄마와 정샘은 각자의 배낭에서 먹거리를 꺼내고, 산에서 마시는 게 제일이라며 커피를 마셨다. 선영도 산에 오면 과일이 더 달고 떡도 맛있다. 앉아서 가만 보니 등산객들이 새로운 길을 잡아 산을 오르고 있다. 햇볕이 바로 내리쬐고 돌무더기가 많았지만 다른 선택지가 없긴 하다. 정상 너머 계곡으로 넘어가야 단풍다운 단풍, 풍경다운 풍경을 볼 수 있는데 겨우 삼사십 분 지점에서 돌아갈 수는 없기 때문이다.

산을 계속 오르기로 하고 정샘이 앞장섰다. 바닥이 고르지 못했고 크고 작은 돌들이 굴렀다. 시은이 한 번 넘어지고 엄마도 흔들리는 돌을 밟았는지 휘청거렸다. 잘 다져진 땅, 그늘이 드리워진 길을 두고 양철 벽 밖에서 이 고생을 해야 하나 싶으니 시간이 지날수록 화가 났다. 공고문에 의하면 양철 벽 설치는 그동안 등산객들이 자연을 훼손한 결과라고 했다. 신성한 사찰 주위에 쓰레기를 버리고 취사와 음주가무까지 했으니 어쩔 수 없는 조치라는 것이다. 결국 자연을 보호하기 위해 양철 벽을 쳤다는 건데, 중학생인 선영이 생각해도 납득이 안 되었다. 잘 닦인 길을 막고 등산객들을 위험한 길로 내몰면 스님들은 수양이 잘될까? 그 절에 다니는 신도들에게만 문을 열어 주면 산이 깨끗하고 조용하게 보존될까? 선영이 이런저런 생각을 하고 있는데 엄마가 양철 벽을 다다다 친다. 산도 마음대로 못 다녀? 도립공원도 주인이 따로 있어? 이거 불법이야. 시청 공무원들은 알고나 있나? 덥고 짜증 나는지 시은도 우다다 우다다 더 세게 양철 벽을 쳤다.

첫 번째 능선에 올라서서 아래를 조망하니 암자를 둘러싼 양철 벽과 가시철망 전체가 한눈에 들어왔다. 야구로 치자면 1, 2, 3루를 잇는 선처럼 양철 벽이 둘러쳐 있고, 암자 두 채는 타자석에 해당하는 곳에 있다. 스님 한 분이 암자 마당 이쪽에서 저쪽으로 천천히 걷고 있다. 엄마와 시은이 다시 양철 벽을 두드렸다. 선영은 그 소리가 스님에게 꼭 가 닿기를, 그래서 스스로 한 일에 대해 생각해 보길 바랐다.

능선 하나를 넘어 만난 계곡은 과연 아름다웠다. 노랗고 붉은 잎사귀, 특히 줄지어 선 단풍나무가 볼 만했는데 물에 비친 모습까지 눈길을 사로잡았다. 선영은 시후 오빠에게 보여 줄 요량으로 단풍이며 바위산을 향해 핸드폰 셔터를 자주 눌렀다. 기분이 나아진 일행은 가시철망 같은 건 잊고 화제를 바꾸었다. 엄마가 정샘에게 아들을 외고에 보내니 어떠냐고 물어보자 시은이 먼저 난리였다. 들으면서 생각하니 시은의 한결 같은 꿈이 외고였다. 외국어가 취미요 특기인 시은은 2학년인데도 이미 텝스 점수를 쌓고 있으며 애니메이션을 보면서 일어를 터득했다. 올드팝을 외워 부르는가 하면 자막을 가리고 영화를 보는 아이니, 영어 성적 하나로 외고 가겠다는 선영하고는 차원이 달랐다. 정샘 얘기도 비슷했다.

"잘 판단해야 해. 요즘엔 외고가 교육 과정을 다 지키거든. 시후 학교는 영어와 제2외국어만 100단위야. 시후 과는 중국어 51단위, 영어 49단위 수업이니 외국어를 좋아하지 않으면 배겨 내기 어려워. 더 큰 문제는 일반 인문계에 비해 국어나 수학 시수가 태부족이라는 거지. 방과 후 수업이나 심야 수업으로 보강하는 것도 한계가 있을 수밖에. 게다가 똑똑하다는 애들 모아 놓았으니 내신은 엉망, 정말 답이 없다. 이놈이 중어중문과는 안 갈 거라고 하니 대학도 걱정이야. 시후는 잘못 보낸 것 같고, 가면 잘할 것 같은 시은이는 성적이 안 나오니, 이런 아이러니도 없다."

엄마가 고개를 끄덕이며 몇 가지 질문을 덧붙였고, 시은은 꼭

가고 말 거라며 주먹을 쥐었다. 외국어에 대한 관심과 열정으로 시은의 눈이 반짝반짝 빛났다. 정샘의 말을 모두 알아듣지는 못했지만 선영도 외고는 시은이 같은 애가 모여서 공부하는 곳이어야 한다는 생각이 들었다. 어쩌다가 시험 문제 잘 맞혔다고 가는 곳이 아니다 싶었다. 그런데도 포기하기는 싫다. 시후 오빠와 같은 교복을 입고 그가 거쳐 간 기숙사에서 지내는 달콤한 상상을 내려놓을 수가 없다.

능선을 하나 더 넘자 이제 하산 시작이다. 단풍의 고운 색을 온몸으로 받아 그랬는지 기분 좋게 걸을 수 있었다. 한참 지나서 암자 쪽으로 가는 길을 만났다. 길을 폐쇄한다거나 우회로를 안내한다는 표시가 보이지 않았다. 선영과 시은도 이정표와 그 주변을 샅샅이 살폈으나 어떤 안내판도 찾을 수 없었다. 엄마는 다행이라고, 정샘은 원점 회귀는 되겠다고 말했다. 일말의 불안감은 각자 설마 하는 마음으로 덮었다.

그런데 이게 웬일, 앞서 가던 등산객들과 함께 30분쯤 걷는데 눈앞에 양철 벽과 가시철망이 나타났다. 암자를 홈으로 볼 때 3루 지점이었다. 그곳에도 우회로 안내는 없었다. 암자 마당에 스님 두 분이 나타나자 등산객들이 벽을 치고 고함을 질렀다. 이쪽뿐 아니라 1루, 2루 지점에서도 거센 항의가 터져 산 전체가 울리는데 스님의 목소리가 마이크를 통해 흘렀다.

"수행 정진 중입니다. 정숙해 주세요. 돌아가세요. 어차피 운동하러 왔으니 돌아가세요."

귀를 기울이던 등산객들의 분노가 폭발했다. 모두들 목소릴 높여 따지고 욕했다. 하지만 오래가지는 못했다. 어느 순간 불경 소리가 온 산을 덮어서였다. 스님이 오디오의 볼륨을 한껏 올렸거나 마이크를 오디오 앞에 대었을 것이다. 독경의 용도치고는 어이가 없었지만 스님의 강력한 뜻은 확실하게 전달되었다.

돌아가기에는 너무 와 버린 길, 자연스럽게 일행이 된 등산객들은 잡목을 걷어 내고 미끄러운 낙엽을 밟아 길을 만들면서 두 개의 봉우리를 넘어야 했다. 오르막은 길이 좁고 내리막은 경사가 심해 엉덩방아를 찧거나 떨어지는 돌을 맞고 넘어져 구르기도 했다. 정샘은 우는 시은을 달래야 했고 선영은 비명을 질러 엄마를 놀라게 했다. 시간이 흐르면서 선영은 오직 자신의 걸음에만 열중했다. 다치거나 죽을 수 있다는 두려움 말고는 어떤 생각도 들지 않았다. 다른 사람들도 마찬가지였다. 하긴 말을 한다해도 불경 소리에 묻혔을 것이다.

양철 벽 전체를 조망했던 첫 번째 능선이 나타났다. 그제야 모두들 걸음을 멈추고 한숨을 내쉬었다. 제대로 찾아왔다는 안도감으로 하나둘 바닥에 주저앉았다. 온 산엔 여전히 불경 소리가 울리고 사방 양철 벽과 가시철망으로 보호받는 암자 마당은 비질 자국이 보일 만큼 정갈했다. 암자 뒤에는 은행나무와 감나무가, 앞 화단에는 구절초와 쑥부쟁이가 무심히 어우러져 있었다. 한참을 바라보던 정샘이 벌떡 일어나며 느닷없이 한마디 했다.

"민 선생, 우리 최소한 저런 스님은 아닌 거지?"

"당연."

엄마도 일어서며 정샘을 향해 희미하게 웃었다. 뭔가를 동시에 느끼고 서로 공감한 게 있어 보였다. 선영으로서는 알 듯 말 듯 했지만 엄마와 정샘이 다시 친해지는 것 같아 좋았다. 어떤 일이든 100퍼센트 좋거나 100퍼센트 나쁜 것은 없다더니 오늘의 특이한 경험도 그랬다.

월요일 아침은 교직원 회의가 있어 대개 학급 조례가 좀 늦다. 대신 학급 회의를 해야 하는 1교시 창체 시간에 담임의 잔소리를 집중적으로 듣는 경우가 많다. 그런데 오늘은 그 강도가 몹시 셌다. 청소, 출결, 수업 태도…… 담임에 의해 반 아이들이 개념 없고 싸가지도 없는 완전 쓰레기가 된다.

"교장에게 엄청 닦였나 봐."

"야, 일어나. 어서!"

머리를 숙여 속삭이던 정해와 그 말을 듣던 선영이 화들짝 놀랐다. 선영은 쭈뼛쭈뼛 일어서려는 정해의 팔을 급히 끌어내렸다. 두 칸 앞에 앉은 반장이 일어나는 중이었고, 담임의 시선도 거기 꽂혀 있었다. 선영과 정해는 눈치를 보며 침묵했다.

"내 말을 무시해도 유분수지. 반장이란 애부터 엎드려 있는데 반이 제대로 돌아가겠어? 저 봐라, 그렇게 얘기해도 분리수거 뒤죽박죽이지, 수업 시간에 제멋대로 자리 바꾸고 다른 반 애들은 또 왜 들락날락하는 거야. 오냐오냐 봐줬더니 일을 하나도 안 해. 내가 모를 줄 알아?"

교실 분위기가 싸했다. 아무리 어려도, 논리적으로 풀어내는 능력은 부족할지 몰라도, 알 건 알고 느낄 건 느낀다. 담임은 한 번도 반장을 두고 야, 라고 부르거나 야단친 적이 없다. 반장은 공부면 공부, 얼굴이면 얼굴, 집안이면 집안, 어느 하나 빠지는 게 없었다. 얄밉긴 해도 편애할 만하다고 여겨 왔던 애들이 자세를 바로 하며 담임을 주시했다. 그 속을 들여다보나마나 저 인간이 뭘 잘못 먹었나, 왜 저러나 하는 표정들이었다.

"선생님, 반장 잘못 아닌데요."

선영이 화들짝 놀랐으나 말은 정해의 입을 떠난 다음이었다. 교실은 이제 싸함을 넘어 냉랭해졌다. 그럴수록 때 아닌 구경거리를 만났다는 듯 아이들의 눈빛이 또록또록해졌다. 담임의 눈썹이 치켜세워지고 인상이 마구 뒤틀리더니 소리를 빽 질렀다.

"뭐? 지금 뭐라 했어? 흥, 내가 하는 말에 토를 달아? 반장 대변인이라도 되니? 건방지게시리. 너, 교무실로 따라와!"

말을 마친 담임은 제 분에 못 이긴 듯 쿵쾅거리며 벌컥 문을 열고 복도로 나갔다. 성질내는 모습이 꼭 이틀 전에 보았던 스님 같았다. 교실 여기저기서 욕설이 터지는 것도 그날과 비슷했다. 선영은 정해의 뒤를 따라 나갔다. 선영은 가슴이 쿵쾅거려 죽을 판인데 정작 정해는 이까짓 일 아무것도 아니라며 담담했다.

"혼자 갈 테니 들어가."

"아, 아니. 너 때문이 아니라 나도 담임에게 할 말이 있어서."

엉겁결에 한 말이었으나 사실이기도 했다. 그런데 언제 왔는지 반장이 끼어들었다.

"외고 포기하겠다는 말이라면 집에 갈 때 해라. 오늘 하루라도 편하려면."

"어? 어……."

"나보고도 모르겠어? 과학고 안 간다니 저 난리잖아."

그사이 정해가 빠른 걸음으로 저만치 달아났다. 따라가야 하나 어쩌나 선영이 안절부절못하는 사이 반장도 교실로 들어가 버렸다.

11월의 낮이 나날이 짧아지고 있다. 얼마 걷지 않았는데도 벌써 어스름이 내리고 바람마저 삽상하다. 그래도 걷기에는 그만인

날씨, 그만인 시간대다.

"하루가 길다, 여행은 짧고. 저기 좀 앉자."

정해가 성곽을 가리키며 말했다. 집 나서는 그 순간부터 여행이라는 정해는 등굣길도 하굣길도 다 여행 노정이다. 텃밭에 시금치가 자라는 것, 민들레가 피고 쑥부쟁이가 올라오는 것, 은행잎이 물들고 열매가 떨어지는 것 하나도 그냥 넘기는 법이 없다. 정해는 빵 가게를 지날 때의 달콤한 냄새, 시장 어물전의 비릿함, 장날 장돌뱅이의 외침까지도 매순간 감탄하고 나름의 품평을 했다.

차를 한 번도 타 보지 않았고 또 탈 수 없는 스스로를 위로하는 것일까? 선영은 정해가 진짜 여행을 할 수 있으면 참 잘하겠다고, 그러니 꼭 어서 빨리 차를 탈 수 있으면 좋겠다고 생각해 왔다. 아빠 차를 타는 거야 당연한 것이고 교통사고가 난 건 안타깝지만 그렇다고 혼자 살아남은 게 정해 잘못은 아니지 않은가. 그런데도 정해는 그 이후 바퀴 달린 것은, 하다못해 자전거도 못 탄다고 했다. 할머니와 둘이 살았고 걸어 다닐 수 있는 초등학교와 중학교를 다녔다. 억지로 시도해 보기는 했다. 하지만 가슴이 떨리고 어지러운 건 물론 차를 타기도 전에 계속 토했다. 소풍이나 수학여행은 당연히 결석할 수밖에 없었다. 정해는 평생 동안 절대 차를 타지 않을 거라고 다짐 아닌 다짐도 했다. 선영이 너를 괴롭힐 필요가 없다고 하자 정해의 대답은 더 무서웠다. 내가 왜 《그리스 로마 신화》를 그리는지 알아? 잔인하고 가혹하기 때문이야. 세상이, 사는 게 그렇다는 걸 잊지 않기 위해서야. 그래야 내가 덜 억울하고, 우리 할머니 덜 불쌍하고, 엄마 아빠에게 덜 미안하거든······.

정해는 오전 내내 교무실 앞에 꿇어앉아 있었다. 사유서와 반성문을 쓰고 한자 쓰기도 여러 장 했다. 힘들었겠다고 위로하자 이런 건 아무렇지도 않다며 씩 웃었다. 프로크루스테스의 침대도 이겨 낼 만한 미소였다. 한편, 선영은 종례 후 교무실로 불려 가서야 외고 원서를 쓰지 않겠다고 말했다. 예상대로 담임은 의아해했고 설득하려 했고 나중엔 버럭 화를 냈다. 선영은 다소곳이 듣는 것처럼, 하지만 하나도 듣지 않다가 끝났다 싶은 순간에 얼른 목례를 하고 교무실을 벗어났다.

"반장은 의사가 되고 싶대. 그런데 교장과 담임은 과학고로 보내려 한 거야. 과학고에 한 명이라도 가 줘야 학교가 발전한다면서 쪼아 붙였단다. 꿈은 바뀔 수 있는 것이고 거기 간다고 의대 못 가는 거 아니라고 했다더라. 괴로웠던 반장은 그런가 보다 했는데 부모님이 교장실을 엎었대. 과학고 가서 내신 망치면 책임지겠냐고 말이야."

이야기를 듣고 나자 아침에 정해가 했던 행동이며 반장이 했

32

던 말이 이해되었다. 그래도 풀리지 않은 의문은 있었다.

"그런데 넌 그런 걸 어찌 알아?"

"반장이 가끔씩 자기 이야기를 해. 문자 메시지나 메일, 뭐 그런 걸로."

선영은 정해와 반장이 그런 사이란 게 신기하기도 하고 불쾌하기도 했다. 뭔가 배신당한 느낌마저 들었다.

"몰라, 왜 그러는지는. 저 혼자 떠들고 말아. 아마 내가 혼자 지내니까 말 샐 걱정이 없다 싶었겠지. 그런 정도는 지켜 줘야겠다 싶어서 네게도 말 안 한 거야."

샐쭉해진 선영의 표정을 읽었는지 정해가 말했다. 무색해진 선영은 괜스레 시선을 멀리 보냈다. 눈앞에 조선 시대에 쌓았다는 성곽이 펼쳐져 있다. 일부가 무너지긴 했지만 흩어 쌓은 돌 위로 세월 따라 이끼가 쌓이고 성곽 위엔 가느다란 풀꽃이 다투듯 피어 있었다. 선영은 문득 정해의 마음에도 저렇게 이끼가 쌓이고 풀꽃이 피어나면 좋겠다는 생각을 했다. 그래서 성곽의 돌 모서리가 닳아지듯 정해의 아픔도 좀 무디어지길 바랐다. 그때 정해가 입을 열었다.

"아, 선영아. 잊을 뻔했다. 지난번에 못한 얘기가 있어. 프로크루스테스 말이야. 어떻게 죽은 줄 아니? 영웅 테세우스가 프로크루스테스가 해 왔던 방식대로 그를 죽였어. 침대에 눕혀서 말이야. 어때, 끔찍하지?”

선영은 정해의 이야기를 들으며 끔찍하다는 단어 때문인지, 지난 주말 산행이 다시 떠올랐다. 암자와 스님, 프로크루스테스, 엄마와 정샘…… 뭔가 연결이 되는 듯 마는 듯, 밤이 찾아드는 눈앞의 경치처럼 생각도 흐리마리해졌다.

2

방 안의
코끼리

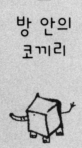

6월 29일. 수요일.

결국 일기를 쓰기로 했다. 처음에는 정해에게 메일을 보내려했다. 혼자 감당하기에 벅찬 이 심정을 누구에게라도 토로하고의지하고 싶었으니까. 그런데 한 페이지를 채우기도 전에 정해의마음만 무겁게 한다는 걸 깨달았다. 알바로 바쁜 친구에게 부담을 주기 싫지만 더 중요한 이유는 나중에 무슨 일이라도 생기면엄마나 담임이 정해를 찾아갈까 해서다. 그러잖아도 보호막이얇디얇은 정해인데 나까지 괴롭힐 수는 없다. 무엇보다 정해는이 일에 아무 관련이 없지 않은가.

그렇다. 조만간 무슨 일이 생길 것이다. 죽거나 죽이거나 둘 중

하나. 유리는 결코 나를 죽이지는 않을 테니 내가 죽는다면 자살의 형태가 될 것이다. 나는 죽고 싶지 않다. 더구나 내 손으로 누군가를 죽인다는 건 상상조차 할 수 없다. 그래도 이 관계를 끝내려면 그 수밖에 없다.

오늘은 '문화의 날'이다. 국가 시책상 매달 마지막 주 수요일마다 가족과 함께 문화생활을 누리라고 야간 자율 학습을 안 한다고 했다. 담임은 하필 올해부터냐고 2, 3학년 선배들이 배 아파한다는 소식을 전하며 우리더러 행운아들이라고 덧붙였다. 밤 10시까지 학교에 잡혀 있는 자체가 억울한 나로서는 별난 행운도 다 있다 싶지만 말이다. 고딩이 한낮의 거리로 한꺼번에 쏟아지는 이날은, 노래방과 카페의 수입만 올려 주어 문화가 아니라 유흥의 날로 정착하고 있다.

일과를 파하자마자 유리와 함께 저녁을 먹고 아웃도어 전문점에서 바람막이 점퍼, 세칭 바막을 구경했다. 그 가게에는 벌써 올해 신상품이 깔려 있었다. 유리는 한때 전국의 교실을 평정했던 노페, 즉 노스페이스 시대는 저물고 있으니 새 메이커로 갈아타야 한다고 말했다. 그 옷이 60만 원이나 하든 남친 생일 선물로 점찍든 유리에게 토를 달 생각은 없다. 문제는 그중 30만 원을 나에게 빌려 달라는 것이다. 말이 그렇지 실상은 그냥 달라는 얘기다. 그동안 야금야금 건네준 돈만 몇 십만 원인데 한 푼도 돌려받지 못했다. 우리 태호가 얼마나 좋아할까. 유리는 쌍꺼풀진 눈을 가느다랗게 뜨고 몽롱한 표정으로 말했다. 누가 들으면 태호의 성이 우리인 줄 알겠다. 그저 우리 태호, 우리 태호다. 어떨 때는 울 남편이 되기도 하는데 완전 닭살이다. 유리는 매장 직원에게 조만간 오겠다는 약속까지 하고도 태호를 두고 나오는 듯 자꾸만 뒤돌아봤다. 나는 투명 거미줄에 걸린 곤충이 되어 유리의 뒤를 따랐다.

처음 일기를 쓰는 날이니 오리엔테이션 이야기부터 해야겠다. 배정된 고등학교는 입학도 하기 전에 1학년 전교생이 2박 3일 동안 깊은 산중에 위치한 연수원에 들어가야 했다. 교칙 전달, 시험 일정 안내, 체력 단련 등의 프로그램이 따분하긴 했다. 하지만 새 세계로 진입하는 시작인만큼 달뜨고 즐거웠으며 각오가 단단했다. 학교에서 방 배정을 할 때 동주가 같은 방이라서 우선 다행이었다. 중3 때 담임의 미움을 함께 받은 이후로 가까워진 동주는 같은 고등학교에 같은 반까지 되었다. 301호 우리 방은 장기자랑에서 일등 하고 퇴소식 때 모범 모둠 표창까지 받았다. 단체 버스를 탈 때부터 노래와 춤에 능한 유리가 몸치인 진아와 내가 춤 순서를 외울 때까지 연습을 시켰으며, 동주 또한 승부 근성으로 방별 평가와 게임을 주도해 나갔다. 오리엔테이션을 계기로 새 친구를 사귄 셈이었는데 특히 유리와 가까워졌다. 예쁘고 늘씬하며 농담까지 잘해 반 분위기를 주도하다시피 하는 유리와 친해지자 학교생활이 한결 즐거웠다. 유리는 3월부터 이미 옆 반 태호와 어찌나 떠들썩하게 연애를 하던지 듣기만 해도 재미있었다. 혼자 짝사랑하다 혼자 식어 버린 나와 너무 달랐지만 바로 그 다름으로 인해 빨리 친해질 수 있었는지도 몰랐다.

사건의 시작은 3월 문화의 날, 동주와 유리와 나는 시내 옷 가게에 있었다. 배부르게 저녁을 먹고 미리 챙겨 온 사복으로 갈아입은 뒤였다. 나나 동주는 그래 봤자 학생티를 못 벗었으나 세련된 아가씨 스타일인 유리는 옷 가게에서도 단연 빛났다. 동주와 나는 언니가 골라 주는 옷을 받아 든 동생처럼, 유리는 동생들의 찬사를 받는 언니처럼 여러 벌의 옷을 입고 벗었다. 가게는 학생 손님으로 점점 더 붐볐다. 복잡함이 용기를 불렀는지, 예전부터 그래 왔는지, 유리가 계산 안 한 티셔츠 위에 자기 옷을 겹쳐 입었다. 물론 상표 태그는 어느새 떼어 버린 후였고 우리에게도 따라하라고 했다. 무척 당황스러웠는데 동주가 유리 행동을 따라하는 것은 더 놀라웠다. 여태까지 보아 왔던 동주와 달랐다.

그리 비싸지도 않은 중저가 옷인데 굳이 훔쳐야 할 이유가 있는지 혼란스러웠다. 내가 미적거린다고 여겼는지 유리는 직원의 눈을 피해 디스플레이용 목걸이 두 개를 내 가방에 넣어 버렸다. 등을 누르는 무게가 열 배 스무 배로 느껴졌지만 실랑이를 벌일 때가 아니었다. 멀리 카운터에 앉은 사장과, 손님이랑 얘기 중인 직원이 한꺼번에 눈에 들어왔다. 이마에 진땀이 나고 속이 메슥거렸다. 유리가 내 손을 잡았고 생각할 여지없이 매장 밖으로 나와 서둘러 걸었다. 거리는 비슷한 또래들로 복잡했지만 넓은 벌판 가운데로 우리만 달려가고 누군가 뒤쫓아 오는 착각이 들었다.

문제는 다음 월요일, 유리는 교실에 앉아 있는 나를 끌고 홈베이스 뒤쪽으로 갔다. 주말에 옷 가게로 불려 가서 옷값을 열 배로 보상하고 간신히 풀려났다고 했다. 나는 놀라 손으로 입을 막았다. 온몸이 뻣뻣하게 굳는 느낌이었다. 쪽팔려 죽는 줄 알았다. 그쪽에 CCTV가 있는 걸 어찌 알았겠어. 내 얼굴 알아봤으니 전화번호 추적해 사진 보냈더라. 보호자 데리고 당장 오지 않으면 경찰서로 넘기겠다는데 어떻게. 울 엄마 20만 원 날리더니 날 잡아 죽이려는 걸 언니들 덕분에 빠져나와……. 야, 정신 차려. 얘가 왜 이래……. 유리가 흔드는 바람에 나는 퍼뜩 정신을 차리고 팔을 붙들린 채로 계속해서 유리의 얘기를 들었다. 화면에 잡힌 너희 사진 보여 주며 누군지 말하라고 했지만 끝까지 잡아뗐어. 다행히 우리가 붙어 있는 장면은 없었거든. 내가 잘못했으니 그건 책임져야지 싶더라. 너흰 그곳이 처음이었으니까 앞으로 안

가면 그만이야. 알겠어? 혹시나 무슨 일이 생기더라도 무조건 잡아떼는 거야. 명심해. 그리고, 유리가 목소리를 더 낮췄다, 동주에게는 얘기 안 하려고. 가뜩이나 요즘 집안 문제로 속상해하는데 우리만 알고 있자. 일등 하는 앤데 공부하게 돼야지. 그때 나는 유리가 정말 언니처럼 보였다. 위기의 순간에 우리를 숨겨 주었고 친구의 처지와 아픔을 고려하고 있으니, 대단하지 않은가 하고 말이다.

글로 적다 보니 다시금 마음이 쓰리고 괴롭다. 잘못은 빨리 인정하는 게 최선이라는 걸 몰랐다. 나쁜 싹은 아무리 노력해도 좋은 열매를 맺지 못한다는 걸 알았어야 했다. 덮으려고 애쓰면 애쓸수록 더 큰 무리수가 따른다는 걸 깨달았어야 했다.

6월 30일. 목요일.

간밤에도 같은 꿈, 작년 교실이다. 담임이 반장과 나를 세워 놓은 채 조례를 끝내고 나간다. 의자에 앉으려고 하자 아이들이 야유를 보낸다. 반장이 아랫입술을 깨문다. 내가 두 계단쯤 떨어졌다면 반장은 열 계단 추락하는 신세가 되었다. 나는 동주가 가여우면서도 조금 위로를 받으며 꿈에서 현실로 돌아온다.

교실에 들어서자 유리가 내 어깨에 손을 올리며 한마디, 준비하고 있지?

하루 종일 그 말만 귓가에 쟁쟁거렸다.

7월 1일. 금요일.

학교에 도착하자 아침 먹은 걸 토했다. 그 바람에 교실에 늦게 들어갔는데 담임이 눈을 부라렸다. 유리가 나서서 내가 일찍 왔다고 말해 주어 지각 처리는 되지 않았다. 유리의 말은 등줄기를 무겁게 누르는 추 같았으나 오늘도 내 보호막이 되어 주었다. 조용히 자습하라는 말을 남기고 담임이 나가자 교실은 금세 소란스러워졌다. 선생님들의 말을 빌리면 인문계 분위기가 예전만 못한데 특히 올해 1학년은 막장이라고 했다. 특목고에 노른자 뺏기고 마이스터고에도 밀리는 거야 지속적인 문제지만 특성화고 떨어진 애들까지 우리 학교로 들어왔으니 엉망일 수밖에 없다는 것이다.

진아가 나에게 영어 숙제를 보여 달라고 했다. 그와 동시에 유리가 진아의 이름을 부르며 조용히 하라고 고함을 쳤다. 그러자 다른 애들도 한마디씩 보탰다. 그 소리가 더 시끄럽거니와 진아에게도 부당한 처사인데 애들은 한꺼번에 우우거렸다. 날마다 벌어지는, 하루를 여는 행사였다. 살그머니 밀어 주는 내 공책을 받아 드는 진아의 손이 떨렸다. 괴로워하는 게 눈에 보였지만 나는 아무 말도 할 수 없었다. 진아와 같은 취급을 받게 될 게 두려웠다. 포스트잇 같은 게 뇌 사이에서 구겨지는 느낌, 머리가 아프고 속이 메슥거렸다. 손이 저절로 배꼽께로 갔고 인상이 찌푸려졌다.

다시 토할까 봐 점심은 먹지 않기로 했다. 유리가 호들갑을 떨며 보건실까지 데려다주었다. 입실증을 끊어 주며 보건 선생님이 병원에 가 봤는지 물어보았다. 별다른 이상이 없다는 의사의 말을 전했더니 그녀는 스트레스 때문인가, 혼잣말을 하면서 커튼 너머 침대를 가리켰다.

얼마나 지났을까? 문득 인기척을 느껴 눈을 떴다. 놀랍게도 민혜가 내 앞에 서 있었다. 하루 열 시간 이상 같은 교실에 있어도 어울리는 애들은 한정되게 마련이다. 아주 친하거나 좋아서라기보다 그래야 안심이 되니까. 민혜는 함께 어울리는 무리가 아니긴 하지만 서로 좋은 감정을 갖고 있었다. 수업 시간의 발표 내용이나 읽고 있는 책, 쉬는 시간이나 청소 시간의 행동이나 언뜻언뜻 들리는 대화에서 그런 느낌 정도야 어렵지 않게 감지되는 법이다.

민혜는 떠나기 전에 나를 한번 보고 싶었다고 했다. 떠나다니, 나는 그게 무슨 말이냐고 반문할 수밖에 없었다. 민혜는 보조 의자를 당겨 왔고 나는 이불을 걷어 내지 않은 채 상체만 일으켜 앉았다. 민혜와 대화다운 대화는 처음인데 떠난다는 말로 시작하는 게 아이러니컬했지만, 친해질 수 있을 거라 여겼던 평소의 생각을 확인하는 자리는 되었다. 민혜는 방금 전 자퇴서를 썼으며 내일부터 엄마와 여행을 떠난다고 했다. 돌아와서는 멀리 중부 지방에 있는 농촌 공동체로 갈 거라고. 그 공동체는 방학마다 여러 날 지내는 곳인데 자신에게는 공부보다 농사짓는 게 딱 맞다고 했다. 학교를 그만두다니, 공동체라니, 나로선 잘 상상이 되지 않았다. 그런 의미에서 아직까지도 강한 인상으로 남아 있는 민혜와의 대화를 이곳에 옮겨 놓고자 한다.

"여긴 너무 지루해. 변화가 하나도 없어. 식물은 어떤 모종이든 열흘이면 꽃이 피고 이내 열매가 달려. 얼마나 예쁜지 몰라. 거긴 땅과 사람이 똑같이 존중받는데 여긴 친구들끼리도 깎아 내리잖아."

"공부는 어떡하고……. 넌 성적도 좋잖아."

"학교 공부? 결국 대학 가려고 하는 거 아냐? 난 원래 대학 생각 없었어."

"그, 그래도……."

"여기 있다간 내가 닳아 없어지겠더라. 그전에 내 길 찾아가는 거지, 뭐."

"허락하셨어?"

"우리 부모님? 엄마 아빠도 나중에 그쪽으로 들어가고 싶어 하시니까. 담임은 충격이 컸는지 거의 울려고 하더라. 나를 걱정하는 진심은 알겠지만 어쩌겠어? 내 인생 내가 살겠다는데."

싫으면 안 한다! 민혜의 말은 단순하고 명쾌했다. 이리저리 휘둘리고 혼자만 괴로운 나와는 차원이 달라 보였다. 그 부모님도 대단해 보였다. 학교를 그만두고 NGO에서 일하는 엄마보다 훨씬 더 앞서 나가는 분들 같았다.

자기 이야기를 마친 민혜는 진아를 부탁한다고 했다. 그것이 나를 찾아온 이유라고도 했다.

"방 안에 코끼리가 있는데 아무도 말하지 않아. 모르거나 모른 척하는 거지. 그게 최선이라 생각하는 것인지도 모르겠다. 선생들도 그럴 거야. 코끼리를 못 볼 리가 있나. 저기 코끼리가 있다고 인정하는 순간 괴로워지니까 그냥 묻어 두는 거야. 그래야 살기 편하거든."

나는 민혜가 하는 말의 의미를 이해했다. 바로 그들 속에 내가 있어서고 또한 내 마음에도 내가 애써 외면하고 있는 코끼리가 있기 때문이다.

"애들 입에 오르내리는 게 싫어서 드러내 놓고 진아를 챙기지 못했어. 그게 후회가 돼. 혼자 떠나는 것 같아 미안키도 하고……. 네 짝이니까, 그리고 진아가 널 좋아하니까 부탁할게. 진아가 우리말이 좀 서툴러서 그래. 유리랑 틀어지는 바람에 다른 애들에게도 무시당하지만 사실 굉장히 진지하고 생각도 깊어."

"너랑 친했어?"

"올해 유일하게 한 공부 같기도 한데, 3월부터 진아에게 중국어를 배웠어. 언젠가 중국을 여행하고 싶었거든."

들을수록 새롭고 놀라운 이야기였다. 그사이 5교시 예비종이 울렸다. 내가 침대에서 일어나자 민혜가 이불을 정리해 주었다. 갑작스레 센티멘털해진 내가 이제 끝이냐고 불쑥 물었다.

"공동체 들어가기 전에 연락할게. 밖에서 함 만나자."

"그러면 좋고."

내가 대답하자 커튼 밖에서 보건실 문이 열리는 소리가 들렸다. 민혜가 내 팔을 붙들더니 목소리를 낮추어 말했다.

"이런 말 비난 같긴 하지만, 유리…… 조심해. 내가 중학교 때부터 아는데 개한테는 오래가는 친구가 없어. 늘 뒤끝이 안 좋더라."

그 말을 끝으로 민혜는 서둘러 나가고 나는 다시 침대에 주저앉았다. 유리가 들어왔지만 당황하는 모습을 들키지는 않았다.

7월 2일. 토요일.

아빠 만나는 날을 기다려 왔다. 바라는 게 있으니 예전보다 공손해지기도 했다. 아빠는 내가 착해지고 대화가 잘된다며 과격한 반응을 보였다. 남들 시선에 아랑곳없이 소리 나게 웃고 손짓과 몸짓도 컸다. 내가 생각해도 관계가 좋아졌다. 숨은 힘의 작용인가 싶으니 이 무슨 아이러니인가 싶다. 지난달과 다름없이 아빠 차를 타고 강변으로 나가 비싼 점심을 먹었다.

오늘은 걷는 대신 아빠가 원했던 2인용 자전거를 탔다. 멋쩍고 귀찮아 그동안 거절한 일이었는데, 정작 아빠 등 뒤에서 페달을 굴리니 기분이 한결 나아졌다. 순간적으로 아빠에게 모든 걸 털어놓고 싶다는 생각도 했다. 그러면 성질 급하고 단순한 아빠는 당장 학교로 달려가겠지. 그렇다고 뭐가 달라질까? 교실에서 지내야 하는 사람은 난데, 이유 없이 미움 받고 뭐라 하면 무시당하는 그 기분, 작년 몇 달로 족했다. 차라리 유리 한 명에게 당하는 괴로움이 나았다. 일종의 보험?

카페에 앉았을 때 아빠에게 사고 싶은 게 있어 30만 원이 필요하다고 했다. 엄마에게는 비밀로 해 달라는 말도 덧붙였다. 아빠는 나를 빤히 쳐다보더니 엄마가 연애하느냐고 물었다. 나는 엄마가 아빠 같은 줄 아느냐고 쏘아붙이려다 가만히 있었다. 그러자 아빠가 농담이라며 바삐 이야기를 거두었다. 다행히 자세하게 물어보지 않고 통장으로 돈을 넣어 주겠다고 했다. 나는 속마음을 쓸어내리며 고맙다고 말했다. 이로써 고비를 넘길 수 있을 것 같다. 유리가 마지막이라고 했으니 그 약속이 지켜지기만을 바랄 뿐이다.

7월 3일. 일요일.

꽃바구니를 보고서야 엄마 생일인 걸 알았다. 선물을 왜 보내느냐고 물었을 때 아빠는 엄마를 사랑해서라고 했다. 그러면 이혼은 왜 했느냐고 했을 때 아빠는 더 사랑하는 여자가 있어서라고 했다. 즉흥적이고 무책임한 아빠와 달리 엄마는 씩씩하게 열심히 살았다. 연애는 한 번으로 족했는지 이제는 사회 불의에 맞서 싸운다고 날마다 바빴다. 희망버스를 열심히 타더니 송전탑, 철거촌 등 언론의 주목을 받는 곳마다 다녀오곤 했다. 하지만 가끔씩은 열심히 사는 게 아니라 열심히 사는 척하는 것처럼 보일 때가 있다. 늦은 밤 혼자 술을 마시거나 새벽 일찍 이웃 도시나 바다까지 드라이브를 다녀올 때, 나는 엄마의 이면을 보는 듯해 아찔해지곤 했다. 하지만 이내 잊으려 했다. 인정하면 내가 불편하고 힘드니까.

생일 선물 겸해서 엄마와 극장에서 치고 부수고, 쫓고 쫓기는 영화를 보았다. 생각 없이 웃고 즐기기에 딱 좋았다. 피곤해진 나는 집으로 돌아오고 싶었는데 엄마는 신록이 보고 싶다며 산사로 차를 몰았다. 나는 짜증이 받쳤으나 가족이라곤 달랑 나 하나뿐인데 싶어 참았다. 복잡한 주차장과 다르게 일주문까지의 긴 산책길은 한산했다. 그곳에서 엄마는 머리가 여전히 아프냐, 어지럼증은 좀 어떠냐 운을 떼더니 돈이 왜 필요하냐고 물었다.

어라? 나는 엄마를 위해 외출했다고 생각했는데 엄마는 나를 탐색하는 게 목적이었나 보다. 나는 아빠가 꼬질렀다며 벤치에서 벌떡 일어났다. 버럭 지른 소리에 놀란 엄마가 나를 주저앉히려 했으나, 나는 제어가 되지 않았다. 엄마는 물론 그 자리에 없는 아빠에게 되는 대로 퍼붓고 끝내는 울음을 터뜨렸다. 지금 생각하니 미안한데 그때는 왜 그렇게 미웠는지 모르겠다.

엄마와 나는 집으로 돌아올 때까지 서로 말을 하지 않았다. 아파트 입구에서 기다리던 정샘이 우리를 아래위로 살폈지만 나는 목례만 했다. 엄마 역시 차에서 내리는 나에게 아무 말 하지 않고 정샘을 태운 뒤 차를 돌렸다.

방금 유리에게 카톡이 왔다. 우리 태호 집이라고 자랑하더니 돈이 왔느냐고 물었다. 내 대답이 늦어지자 짜증이 빗발쳤다. 싫어. 없어. 괴롭히지 마. 그만해……. 보내고 싶은 여러 단어가 내 머릿속을 채웠다. 하지만 남은 글자는 사흘 뒤에, 였다. 한숨 쉬며 전송 버튼을 누르자 기다렸다는 듯 하트 표시가 날아왔다.

그렇다. 유리를 죽이든지 내가 죽든지, 앞으로 사흘 남았다.

7월 4일. 월요일.

아침 조례 시간, 담임이 낮게 깔린 음성으로 민혜의 자퇴 소식을 전했다. 그제야 아이들은 비어 있는 민혜의 자리를 쳐다보았다. 담임은 자신의 인품이 부족해 붙들지 못했다면서 민혜의 낙오가 불안하고 걱정된다고 했다. 진심이 느껴지긴 했으나 민혜가 했던 말이 계속 떠올랐다. 담임은 정상적인 교육, 게다가 엘리트 코스만 밟아 교사가 되었으니 다른 세계를 알 리 있겠어? 겁쟁이가 될 수밖에…….

마치는가 싶던 담임이 좋은 소식을 빠뜨렸다며 교탁을 두드렸다. 6월 모의고사에서 동주가 전교 일등을 했다며 박수를 쳤다. 엉겁결에 우리도 따라 쳤다. 입학 성적이 나쁘다고 파드닥 뛰다가 일등까지 올렸으니 대단하긴 했다. 부모님이 이혼하고 아빠와 함께 살게 되는 과정을 겪으면서도 동주는 흔들림이 없어 보였다. 언뜻언뜻 그늘진 얼굴을 볼 때도 있지만 독하게 공부했다. 모의고사보다 학교 성적이 잘 나오지 않는다고 투덜거리면서도 모둠 발표나 수행 평가 준비를 완벽하게 해 냈고, 생기부 특기 사항에 필요하다며 주말이면 요양원으로 봉사 활동을 다녔다. 저렇게 준비해야 의사가 될 수 있는지 모르겠지만 감정 없는 괴물이 되어 가는 것 같았다.

담임이 나가자 나는 진아에게 알고 있었느냐고 물었다. 그런데 무슨 말인지 알아듣지 못하는 듯 진아는 눈만 동그랗게 떴다. 이렇게 느리고 굼뜨니 그런 대접을 받지, 나는 살짝 짜증이 일었다. 민혜라고 했더니 진아의 얼굴에 웃음이 퍼졌다. 알 수 없는 말을

중얼거리기도 했다. 자신도 모르게 튀어나오는 중국어인데 가끔
씩 있는 일이다.

수업이 있어서 미술실로 이동하는 중에 동주로부터 카톡이 왔
다. 복잡한 마음을 접고 우선 축하한다고 답을 했다. 하지만 동
주는 그 말은 묵살하고 놀라운 얘기를 전했다. 그 내용을 여기
에 옮겨 둔다.

- 그동안 유리에게 얼마나 바쳤어?
- ?
- 속일 생각 말고 다 깨.
- 우리 엄마가 전화?
- 그래.
- 미안. 너와 상관없어. 엄마한테는 내가 말할게.
- 나쁜 년. 비밀로 하자더니. 내가 준 걸로 모자라 너한테까지?
- 뭐? 유리가? 너에게 말 안 하기로 했는데.
- 우리 둘 다 보기 좋게 넘어갔네. 알았으니 됐다. 어리바리 굴지 말고
  공부나 해.

그 이후로 지금까지 동주는 아무런 연락이 없다. 핸드폰도 꺼
져 있다.

불안하다. 어찌해야 할지 모르겠다. 오늘따라 엄마도 늦는다.

7월 5일. 화요일.

양쪽 눈치 본다고 하루가 어떻게 지나갔는지 모르겠다. 유리는 태호에게 생일 선물로 줄 앨범을 만든다고 하루 종일 바빴다. 함께 찍은 사진을 인화해 온 것도 정성이지만 잡지에서 한 글자 한 글자 오려서 만드는 편지는 그야말로 감동일 듯도 했다. 그 일에 정신이 팔려서인지 유리는 진아에게 태클을 걸지 않았다. 동주 얼굴은 제대로 보지도 못했다. 수업 시간엔 선생님 설명만 들었고, 쉬는 시간엔 공부한다고 고개를 들지 않았다. 동주에게 조심스럽게 카톡을 보내 봤으나 답이 오지 않았다.

나는 그사이 보건실을 두 번이나 다녀왔다. 한 번은 배가 아파서, 한 번은 두통이 심해서. 선생님이 조퇴를 하겠느냐고 물었지만 나는 고개를 저었다. 일찍 귀가하여 엄마의 걱정을 듣는 일이, 그보다도 이야기를 나누기 싫었다. 조금 전에도 엄마가 내 눈치를 살피는 줄 뻔히 알면서 피곤하다며 얼른 방으로 들어와 버렸다.

귀가 직전 유리가 한 말이 자꾸 떠오른다. 내일 청소 시간에 분리수거장에서 만나자는 얘기에 어쩌자고 대답했을까? 나는 텅빈 벽을 멍하니 바라보았다. 한참을 그러고 있으니 붕붕 떠다니던 마음이 제 서랍으로 들어가는 듯했다. 잘못 꿴 단추는 풀고 처음부터 다시 시작하지 않으면 안 된다. 나는 동주를 위한다는 구실을 내세웠지만 사실은 도둑년 취급이 싫었고, 따돌림 당하는 게 두려웠다. 동주도 마찬가지였을 것이고, 유리는 그 약점을 잡았을 테다.

책상 서랍에 넣어두었던 송곳을 가방에 넣는다. 필통엔 새로 산 칼도 있다.

아빠에게 전화를 해 볼까 하다가 그만둔다. 이제 일기장도 덮어야겠다.

7월 6일. 수요일.

아침에 일어나자 머리가 깨질 것처럼 아팠다. 결석을 해 버릴까. 아니, 마음을 고쳐먹었다. 깊이 생각 않기로 하고 학교로 향했다. 그런데 사건은 전혀 엉뚱한 곳에서 이상한 방향으로 터졌다.

5교시 예비종이 울린 직후였다. 홈베이스에서 책을 가져오거나 삼삼오오 몰려 놀던 애들이 자기 자리로 찾아드는데 갑자기 앞문이 확 열렸다. 어찌나 소리가 컸던지 교실 안의 눈이 한꺼번에 몰렸다. 태호였다. 누구인지 알아보았을 때, 그 앤 이미 교실 뒤편으로 성큼성큼 걸어가는 중이었다. 오로지 목표물 하나만 보고 온 듯 태호는 유리 앞에 서더니 뺨을 올려붙였다. 이어서

발을 들어 어깨를 가격했고 유리는 바닥으로 쓰러졌다. 망설임 없이 정확한 몸놀림이어서 도리어 현실감이 없었다. 영화나 드라마의 한 장면으로만 여겨졌다. 쌍년, 더런 년, 내가 거지야? 언제 너더러 옷 사 달랬어, 미친년……. 태호의 입에서 거친 말들이 쏟아지고 그때야 교실 이곳저곳에서 비명이 터졌다. 우는 애도 있었고, 신고해야지 하는 말을 좇아 핸드폰을 꺼내는 애도 있었다. 백주대낮에 이 무슨 황당한 일인가.

얼음처럼 굳어 있던 나는 퍼뜩 정신을 차리고 유리에게 달려가 어깨를 잡았다. 그 바람에 다시 뻗던 태호의 발이 주춤했다. 나는 속으로 벌벌 떨면서도 태호를 쏘아보았다. 에이 씨팔, 태호가 옆에 있는 책상을 내리치더니 침을 뱉었다. 열려 있는 뒷문 쪽에 동주가 있었고, 태호는 이내 그 문을 향해 빠져나갔다. 그 순간 나는 동주와 태호의 시선이 서로 엉킨다고 여겼다. 모든 게 급작스럽고 혼미했으나 나는 그렇게 보았다.

아무런 방어도 없던 유리가 잠시 뒤 몸을 일으켰다. 반사적으로 내민 내 손을 뿌리치면서 유리가 말했다. 개 같은 년, 감히 누구한테……. 이건 또 뭔 말인가 싶은데 아이들의 눈은 나를 향하고 있었다. 그렇게 안 봤더니 친구란 년이 살살 꼬라나 치고. 나는 어이가 없었지만 그게 무슨 말이냐고 간신히 물었다. 이게 봐준다 했더니 어디 남자가 없어서 친구 걸 뺐어? 야, 이래도 되니?

유리는 옆에 선 애들에게 질문까지 던졌다. 그러자 유리한테 지적당한 애는 안 된다고 말했고 덩달아 다른 애들까지도 나를 째려보았다. 숫제 나를 칠 기세였는데 유리는 한술 더 떠 그중 한 애 어깨에 기대어 울먹이기까지 했다.

이건 뭔가? 유리와 애들은 좀 전에 태호가 한 일 따위는 다 잊은 듯이 굴었다. 반 전체가 한꺼번에 나를 둘러싸고 빙빙 도는 것처럼 어지러웠다. 유리가 쳐 놓은 그물에 또 걸렸단 말인가. 나는 마지막 보루인 양 간절한 눈길로 동주를 찾았으나, 자기 자리에 앉은 뒤통수만 보일 뿐이었다. 겨우 몸을 지탱하고 있는데 종친 줄 모르느냐는 수학 선생의 고함 소리가 들렸다. 아이들이 서둘러 흩어지고 나는 비틀거리며 복도로 나갔다. 누군가 내 옆에서 나란히 걸으며 괜찮냐고 물어왔다. 진아였다.

더 이상 일기를 쓸 기운이 없다. 유리를 미워할 기력도 없다. 때리고 맞던 장면만 계속 생각난다. 아무 표정 없이 유리의 뺨을 올려붙이는 태호의 커다란 손, 어깨를 향해 들어 올리는 긴 다리, 금방 벌겋게 부어오른 뺨, 아무런 대꾸 없이 짜부라지던 유리. 그리고 유리가 없는 틈을 타 수군대는 애들 소리……. 태호는 기초생활수급자, 부잣집 망나니, 조폭 똘마니를 오르내렸다. 그에 따라 유리는 일편단심 열녀가 되기도 하고 눈물겨운 앵벌이가 되기도 했다. 유리는 태호에게 맞으면서 거느리던 후광을 잃어버렸다. 유리 편이었던 애들도 나중엔 딴소리였다. 괜한 트집을 잡는 것이라고 나를 위로하는 애들까지 있었다.

7월 7일. 목요일.

아침부터 칼바람이 불었다. 조례 시간에 학생부장을 비롯한 학생부 선생들이 한꺼번에 교실로 들이닥쳤다. 학생부장이 117에 신고가 들어갔다며 종이를 한 장씩 돌렸다. 누군가 117이 뭐냐고 묻고 또 누군가 학폭, 학교폭력이라고 말했다. 학생부장은 반에서 조금이라도 친구를 괴롭힌, 혹은 괴롭힘을 당한 이야기를 밝히라 했다. 언어폭력도 예외가 아니라고 강조했다. 자신과 직접 관계가 없더라도, 아무리 사소한 일이라도 적으라고 압박했다. 우리가 앞에 늘어선 선생들과 뒤편에 버티고 선 교감과 상담부장을 힐끔거리기만 하자 학생부장이 있는 대로 적지 않거나 조금이라도 속이는 게 있으면 지방 경찰청 담당 형사가 직접 올 수도 있으니 제대로 하라며 목소리를 깔았다.

나는 고개를 살짝 돌려 동주를 바라보았다. 펜이 삭삭 움직이고 있었다. 역시 동주인가 싶었는데 학생부장이 동주에게 지금 일이 수학 문제 푸는 것보다 더 중요하니 빨리 적으라고 했다. 헐, 이 와중에도 공부를 하고 있었나 보다. 학생부장의 채근에 애들이 무언가를 쓰기 시작했고 진아도 마찬가지였다. 나는 눈싸움이라도 하듯 백지를 노려보았다. 크고 많은 이야기를 할 수 있을 듯싶었는데 막상 적으려고 하니 막막하기만 했다. 유리를 죽이려 했던 내가, 증거를 남기기 위해 일기까지 썼던 내가 왜 그랬는지는 지금도 모르겠다.

아무것도 적지 않은 게 화근이었을까. 야자 1차 시에 상담실로 불려 갔다. 다행히 담임만 있었다. 성격 따라 다르겠지만 나는 유능한 선생보다 착한 선생이 편하고 좋았다. 담임은 내가 유리랑 친한 데다 진아 짝이라 가장 많은 얘기를 기대했다고 운을 떼더니 백지 제출 이유를 물었다. 적을 게 없었다고 말하자 내 손을 잡으며 친구라고 무조건 감쌀 게 아니라 상황을 잘 보라고 했다. 가뜩이나 야윈 담임이 애처로워 보여 나는 어떤 말이든 쏟고 싶었다. 유리에게 주었던 돈, 거절하지 못했던 부탁, 혼자 내처질 것 같은 두려움, 함께 갔던 옷 가게……. 그런데 도무지 입이 열리지 않았다. 대신 언니 둘에 남동생까지 있어 집에서는 아무 존재감이 없다던 유리의 말이 떠오르고 태호에게 일방적으로 맞고 엎어져 있던 모습도 오버랩되었다.

내가 가만히 있자 담임은 별도로 빼놓은 종이를 몇 장 건넸다. 읽어 나갈수록 어이가 없었다. 그 글에서 나는 유리가 시키는 대로 진아를 따돌리고 협박했으며 매점셔틀, 와이파이셔틀까지 한

걸로 되어 있었다. 이름이 가려져 있었지만 누군지 대강 감이 잡혔다. 그 애들을 떠올리자 오싹 소름이 끼치고 손이 다다다 떨렸다. 담임이 다시 내 손을 잡으며 말했다. 물론 다 믿는 건 아니야. 진아의 진술과 다르고 민혜도 네가 아니었다면 진아가 더 당했을 거라고 하더라. 다만 경찰청에서 거꾸로 내려온 사안이라 너도 조사받게 될지도 몰라. 실은 그것과 별도로 네가 할 말이 있을 것 같았어. 뭔가 감은 오는데 확 잡히는 게 없어서 말이야……. 가슴이 덜컹했으나 고개를 숙여 버렸다. 담임이 시간을 주는 듯했지만 나는 아무 말도 하지 않았다. 대신 마지막으로 정말 할 말이 없느냐는 질문에 조심스럽게 민혜가 신고했는지 물었다. 담임은 대답할 수 없다며 나가 보라고 했다.

교실로 가다가 학생부 지도실에서 나오는 동주와 마주쳤다. 서로 놀라서 걸음을 멈칫했다. 나는 잦아드는 목소리로 동주에게 잠깐 이야기를 하자고 했다. 거절할 줄 알았던 동주가 어쩐 일인지 앞장서서 걸었다. 동편 현관 밖으로 나가 화단을 지나 운동장가 스탠드에 앉았다. 등 뒤에 버티고 선 플라타너스의 짙은 나무 향이 훅 끼쳤다. 그것만 해도 숨통이 좀 틔는 듯해서 나는 크게 숨을 들이쉬었다가 내뱉었다. 동주는 바닥에 떨어져 있는 손바닥만 한 잎을 주워 이리저리 흔들었다. 내가 보자고 했으나 말문은 동주가 먼저 열었다.

"학생부장이 태호 사건은 묻자고 하더라. 그건 사랑싸움이라나 어쨌다나. 학폭이 아니고 가정폭력이래. 흥, 농담이라고 정정하긴 하더라만 그게 말이 되나? 차라리 학폭 건수가 많아지면 학교나 선생들도 곤란해진다고 솔직하게 말하라지. 작은 일이 커질 수도 있다고 얘기하는데 가증스럽더라. 신고당하고도 그저 덮기 급급하니. 하긴 뭐……"

"왜 너에게 그런 얘기를 해?"

"그 얘길 나 혼자만 썼대. 그러니 내가 쓴 종이만 없애면 된다 싶었겠지."

"네가 신고했어?"

"신고는 무슨. 유리 작살내려고 태호와 담판을 하긴 했지만 걔가 그런 놈인 줄 몰랐다. 유리가 당하고 지내는 줄도 몰랐고. 넌 왜 상담실에 갔어? 그 얘기 적어서?"

나는 그 얘기라는 게 무엇인지 바로 알아들었다. 그 순간 말하지 못했고 쓸 수 없었던 내 안의 코끼리가 보이면서 갑자기 힘이 쭉 빠졌다. 동주가 대답을 재촉하자 나는 천천히 고개를 저었다. 동주는 조용히 고개를 끄덕였다. 한참이 지나 동주가 꽉 잠긴 목소리로 그만 가자며 몸을 일으켰다.

긴 하루였다. 더 이상 필요가 없을 듯한데 나는 왜 긴 시간 동안 일기를 쓰고 있는지 모르겠다. 태워 버릴까?

7월 14일. 목요일.

그만두려던 일기장을 일주일 만에 힘겹게 펼쳤다. 오늘은 공결 처리가 되는 생리 결석을 하고 종일 잠만 잤다. 저녁엔 엄마가 이끄는 대로 파스타를 먹고 성곽까지 산책을 다녀왔다. 엄마는 며칠 뒤부터 대안학교로 출근하게 되었다고 들떠 말했다. 역시 나는 선생 팔자야. 잘할 거야. 사회단체 일은 아무나 하는 게 아니더라. NGO 일 처음 할 때도 방금처럼 각오를 다졌던 걸 생각하면 엄마는 정말 긍정적이고 에너지가 넘쳤다. 십 대인 나는 삭아만 가는데 어른인 엄마가 일마다 열의를 보이는 건 뭔가 이상하거나 잘못된 상황이 아닐 수 없다. 뭐라도 맞장구를 쳐야 했던 나는 학교를 대안한다면서 다시 학교라는 건 뭐냐고 삐딱하게 말했다. 엄마는 그런가 하더니 잠시 뒤 아주 진지하게 대답했다. 자라나는 애들에겐 교육이 필요한데 교육이 이루어지는 장이라면 어디든 학교 아니겠느냐고.

모처럼 대화가 된다고 생각했는지 엄마가 내 얼굴을 은근히 살폈다. 지난 일주일 동안 걱정하고 궁금해하는 엄마의 표정을 숱하게 보면서도 나는 외면하고 있었다. 엄마는 따지거나 재촉하지 않았지만 내가 그 기다림에 부응할 수 있을지는 모르겠다. 한번 입을 닫으니 이젠 귀찮고 성가실 뿐이다.

그다음 날 유리는 교실에 한 번도 들어오지 않았다. 나를 비롯한 몇몇은 학생부로 불려 갔다. 유리의 진술이 맞는지 확인하는 차원이라고 했다. 호출당한 유리 엄마를 보았는데 늙고 후줄근해 조금 의아했다. 게다가 담임과 함께 들어오는 세련된 옷차림의 남녀가 진아의 부모님이라는 점도 놀라웠다. 막연하게 그리던 조선족 이미지와는 딴판이었다. 학생부장은 진아가 유리의 부당한 요구를 거절한 이후로 따돌림 받아 왔다는 상황을 설명한 다음 거듭 머리를 숙였다. 진아 엄마는 딸이 얘기를 안 해서 몰랐다며 눈물을 글썽였고, 그 아빠는 담임과 우리에게 이제부터라도 잘 부탁한다고 했다.

나는 진아가 나보다 강하다는 걸 알았고, 그럴수록 나 자신이 환멸스러웠다. 스스로 보잘것없어지니 다른 애들도 보기 싫었다. 피곤하기만 하고 어디론가 사라지고 싶었다. 유리가 공개 사과를 하든 사회봉사를 가든 신경 쓰고 싶지 않았다. 우리 반 전체가 집단 상담을 받는 것도 귀찮고 흔들림 없이 공부만 하는 동주도 미웠다.

지금도 나는 아무것도 안 하고 아무 말도 안 하고 싶다. 그 누구에게도 주목받지 않는 투명인간처럼 살고 싶다. 사회봉사를 마치고 돌아올 유리하고도 거리를 둘 것이다. 동주도 마음에 들지 않고 진아도 성가시다. 학교 자체가 싫다.

일기도 귀찮다. 의미와 목적이 사라졌으니 더 쓸 내용도 없다…….

3

너는 경주

벽에 기댄 선영은 눈을 감았다. 하루가 덥고, 시끄럽고, 짜증스러웠다. 이제 겨우 첫날일 뿐인데 몸이 푹푹 처졌다. 그래서 저녁을 먹은 애들이 '기가 막힌 밤 산책'을 하러 나갔지만 선영은 슬그머니 빠져 버렸다. 감동과 과장의 명수인 쑤진샘이 뺑치는 줄도 모르고 애들은 우르르 몰려갔다. 과수원과 밭을 지나고 으스스 무덤을 거쳐 어리연꽃 저수지로 이어지는 코스가 여름밤의 분위기에는 맞을지 몰라도 선영은 귀찮기만 했다. 포석정에서 삼릉까지라면 오래전에 가 본 길이기도 했다.

어둠 사이로 와글와글 개구리 울음소리가 끼어들었다. 규칙적인 그 소리를 듣는데 어느 순간 선영의 가슴이 쿵쾅거렸다. 그리고 기다렸다는 듯, 장면 하나가 눈앞에 떠올랐다. 차고 맑은 오후, 아래로 내리꽂히던 몸, 둔탁한 소리와 몸의 반동, 비명소리와 붉은 피……. 선영은 두 손으로 얼굴을 감쌌다. 이마에 닿은 손끝에 힘이 들어갔다. 팔에 소름이 돋고 머리가 뻣뻣해졌다.

얼마나 지났을까? 선영은 그 상태로 천천히 눈을 떴다. 창호지를 바른 미닫이 방문이 희끄무레하게 보였다. 여기가 어딘가 싶어 어리둥절했지만 애써 정신을 차렸다. 그러자 서서히 펜션 방이 눈에 들어왔고 먹먹했던 귀로 개구리 울음소리가 선명해졌다.

그대로 쓰러지듯 방바닥에 눕는데 밖에서 인기척이 들렸다.

"선영아, 방에 있지? 밖에 좀 나와 볼래?"

시후 오빠 목소리였다. 혼자 남은 줄 알았던 선영은 당황했다. 못 들은 척 있었지만 재촉하듯 계속되는 소리에 일어나지 않을 수 없었다. 선영이 마루를 지나 신발을 신을 때까지 가만히 바라보고 있던 시후 오빠가 팔짱을 풀고 나무 의자에 앉았다. 능소화가 핀 마당 끝에 가로등이 있어서인지 테이블 주위가 은은했다. 어리벙벙하게 서 있던 선영은 습관처럼 미간을 찌푸렸다. 잠시 뒤, 시후 오빠의 눈짓에 따라 반대편 자리에 걸터앉았다.

"놀랐지?"

선영은 비스듬히 앉은 채 고개만 끄덕였다. 시후 오빠가 아랫입술을 앞으로 내밀며 바람을 내뱉었다. 가슴 설레며 바라보던 그의 버릇, 하지만 선영은 예전과 달리 지금은 마음에 물결이 일지 않았다. 씁쓸하다. 사랑이나 그리움 같은 감정은 생의 의욕이 있을 때에야 생기는 건가 보다.

"2학년 1학기 마치고 휴학했어. 입대하기까지 몇 달이 비는데 엄마와 민샘이 보조 교사를 해 보는 게 어떻겠냐고 해서 합류했고. 혼자라도 배낭여행 가려고 했거든."

다음 달에 떠나는 6기 여행학교의 예비 모임이 오늘 경주에서 시작되었다. 여행학교는 학기 단위로 세계 여러 곳을 여행하는, 일종의 대안학교다. 학력 인정조차 되지 않지만 대기자까지 있을 만큼 탄탄하게 운영되고 있다. 공부 내용은 머무는 곳에 따라 달랐지만 공연은 필수였다. 대본에서 연기까지 모두가 나서서 만드는 작업이 곧 수업이었다. 희한한 건 그러다 보면 공동생활을 통해 자신을 만난다는 교육 목표에 어느 정도 접근한다는 것이다. 힘들다 소리를 입에 달면서도 다음 기수에 다시 합류하는 경우도 있는데, 5기생 선영도 6기까지 하게 되었다. 쑤진샘이 이번 모임을 이끈다는 건 알았는데 시후 오빠가 보조 교사라는 건 몰랐다. 열일곱 명을 데리고 인도와 동유럽을 다니려면 선생이 더 필요하겠지만 시후 오빠일 줄은 꿈에도 생각지 못했다. 1년 몇 개월 만에 만난 민혜 못지않은 충격이었다.

"네가 좋아할 줄 알았는데, 아니었어?"

시후 오빠가 고개를 앞으로 내밀며 다정하게 말했다. 분위기를 풀려는 듯했지만 선영은 대꾸 없이 피식 웃기만 했다.

"왜 이리 살이 빠졌어? 못 알아볼 뻔했다. 이렇게 조용하지도 않았잖아. 시은이랑 종알종알 떠드는 게 귀여웠는데. 근데 우리도 거의 2년 만에 보는 거지? 내가 수능 친 직후였나?"

"…… 예. 그럴 거예요."

"야, 너 왜 그래? 너 기저귀 차던 때부터 다 기억하는데 새삼스럽게 말을 다 높이고. 하긴 다른 애들에게 비밀로 하기로 했으니 이번엔 어쩔 수 없는 거 같긴 하다. 민샘도 그렇게 하라셨고."

"…… 예."

"오랜만에 만났는데 할 말 없어? 하다못해 시은이 소식이라도."

선영이 가만있자 시후 오빠가 선영의 표정을 살피며 말했다.

"시은이는 고딩 되더니 살만 찌고 엄마는 학교생활이 힘드신가 보더라. 실업계, 아 요즘은 특성화고등학교라 한다더만. 그쪽으로 옮기셨잖아. 제일실업고라고. 애들이 워낙에 거칠어 날마다 사건 사고라더니 올해는 별말 없으시네. 수제자가 몇 명 생겼대."

건성으로 듣고 있던 선영의 귀에 수제자라는 말이 탁 걸렸다.

글쎄, 내가 수제자가 될 때도 있더라니까. 나 같은 애가 말이야……. 때와 장소에 어울리지 않던 정해의 말이 고스란히 떠올랐다. 제일실업고라면 정해가 다니는 학교이지 않은가.

작년 겨울, 장례식장에서 나와 스산한 거리를 걸을 때였다. 두 시간이나 걸려 걸어왔다는 정해는 연신 눈물을 훔쳤지만 식장에 오래 머물지는 않았다. 선영이 말고는 아는 애들이 없어 그런지도 몰랐다. 선영은 배웅삼아 밖으로 따라 나왔는데 어쩌다 보니 나란히 걷고 있었다. 그때 정해가 어떤 말끝인가에 수제자 얘기를 했다. 정신이 반쯤 나가 있던 선영은 대꾸 대신 추위로 빨갛게 언 친구의 볼만 바라보았다. 정해가 맞고 왔을 겨울바람이 거기 머물러 있었다. 느릿느릿 걷다가 버스 정류장을 두 번쯤 지난 곳에서 정해와 헤어졌다. 바퀴 달린 것을 못 타는 정해는 다시 두 시간을 걸어 집으로 돌아가야 했다. 선영은 길 잃은 아이처럼 멍하니 섰다가 왔던 길을 되짚었다. 목울대를 타고 눈물이 솟구쳤지만 이를 악물고 장례식장까지 되돌아왔다.

"선영아, 무슨 생각해?"

"예? 아니요. 그냥……."

시후 오빠가 하려던 말을 멈추고 선영을 마주보았다. 선영은 그의 시선을 피해 고개를 돌렸다. 시후 오빠라고 다르지 않을 것이다. 걱정과 관심을 빙자한 호기심, 자신에게만 털어놓기를 기대하는 표정, 지겹다 못해 역하다.

"이번 애들은 어때? 다들 첫인상은 좋아 보이던데……."

마음이 꼬이면 매사 뒤틀리게 듣는 법, 선영은 시후 오빠의 말이 끝나기도 전에 쏘아붙였다.

"이제 처음 봤는데 제가 어떻게 알아요? 왜요? 5기 때처럼 혼자 돌아와 버릴까 봐 벌써 걱정인 거예요?"

시후 오빠가 눈을 둥그렇게 뜬 채 선영을 응시했다. 아차, 싶었지만 되는 대로 지껄인 후였다. 선영은 벌게진 얼굴을 손으로 감쌌다. 늘 그래 왔듯 자신이 밉고 싫었다. 잠시 시간이 흐르고 어색하게 미소 짓던 시후 오빠가 자리에서 천천히 일어섰다.

"하긴 나도 아직 모르겠더라. 처음 하는 보조 선생이라 오히려 네게 기대는 마음이었나 봐. 너는 그래도 유경험자잖아. 그래서 물어본 거니 언짢게 생각하지 마. 잘 자고, 내일 봐."

뭐야, 차라리 화를 내지……. 잔뜩 신경이 날카로워진 선영은 혼자 있고 싶었다. 방으로 들어가 피곤해진 몸을 바닥에 누인 채 개구리 울음소리를 듣고 싶었다.

"선영아, 일어나. 우리 모둠이 꼴찌야."

누군가 자꾸 몸을 흔드는 바람에 할 수 없이 눈을 떴다. 하얀색 셔츠에 백바지로 깔맞춤한 민혜가 선영을 내려다보고 있었다. 민혜는 외출 준비까지 마친 상태였다. 학교에 있을 땐 몰랐는데 상당한 멋쟁이였다. 사실 어제는 늘씬한 몸매와 보랏빛 염색 머리, 게다가 색조 화장까지 해서 알아보지 못했다. 선영이 아니냐고 손을 잡고 흔들며 팔짝팔짝 뛸 때는 웬 정신 나간 애인가 싶었다. 이름을 듣고서야 넓은 이마며 쌍꺼풀진 눈매를 알아볼 수 있었지만 너무 변했다는 생각만 들었다. 선영은 자퇴한 학교를 함께 다녔던 애를 여행학교에서 만나는 게 싫었다. 선영보다 일찍 학교를 떠난 민혜라고 해서 예외일 수는 없었다.

잠자리가 바뀌기도 했지만 간밤엔 스마트폰을 만진다고 새벽에야 잠이 들었다. 정해 소식을 알고 싶어 오랜만에 페북 곳곳에 흩어져 있는 정해의 글을 찾아다녔다. 공부와 시험 이야기가 많아 의외였다. 언제부터 이렇게 성적에 민감했나 싶을 정도였다. 요즘은 간호조무사 실습 중이었다. 학교 다니는 동안 수백 시간 병원 실습을 해야 하고, 3학년 때는 국가고시를 친다는 말은 예전에도 듣긴 했다. 게시된 사진도 많았다. 누구나 찍어 올릴 법한 그저 그런 사진 속에 작년 겨울에 본 교복 입은 모습도 있었다. 선영은 그때 이후 페북도 처음이었다. 상념에 빠졌다가 다시 스마트폰 화면에 눈을 고정했다. 그러다가 까무룩 잠이 들어 꿈에서까지 사이버 공간을 헤매다가, 열일곱 명이 한꺼번에 움직이는 소란에도 잠을 못 깬 모양이다. 선영은 서둘러 일어나 이불 개고, 세수하고, 잡히는 대로 입고, 로션을 발랐다. 이런 일이야 5기 때부터 습관이 붙어 5분이면 준비 끝이다.

바깥 테이블로 나온 선영은 민혜 옆에 앉으며 마주 앉은 남녀에게 눈인사를 했다. 여, 행, 학, 교. 네 글자 중 '교' 모둠에 속하는 애들이었다. 앞에서 쑤진샘이 멈추었던 말을 이었다.

"오늘과 내일은 모둠별로 아무 곳이나 다니면 돼. 뭘 해도 좋고. 그러고 나서 내일 저녁 발표하기. 형식 자유, 내용 자유. 틈나는 대로 서로 의논하여 만들어야겠지."

"선생님, 발표 잘하면 뭐 줘요? 점수가 쌓이나요?"

질문하는 애에게 모든 눈길이 모였다. 최정은이라고 했던가? 선영과 같은 모둠에 속한 앤데 첫 보기에도 의욕이 넘쳤다. 정은에게 머물던 시선을 전체로 돌리며 쑤진샘이 답했다.

"발표한다고 순위를 매기는 일은 내일뿐 아니라 앞으로도 없어. 그냥 하는 거야. 다니면서 본 것, 생각한 것을 친구들과 나누자는 의미인 거지. 나를 표현하고 상대를 느끼고 이해하기, 그걸로 족해."

앞에 앉았던 애가 뭐라고 했는지 쑤진샘이 계속해 나갔다.

"하하, 시시하다고? 글쎄, 그건 지나 봐야 알겠지? 자, 한 번 더 말할게. 이번 여행은 뭔가를 해야 한다는 생각, 채워야 한다는 부담부터 벗어야 해. 비우고 또 비우기, 이것이야말로 여행학교 예비 모임에 가장 맞는 슬로건이라 생각해. 그리고 공동이 움직이는 거니까, 어제도 말했지만, 몇 가지만 지켜 줘. 나가는 시간은 자유지만 오전 10시 이후엔 펜션에 머물 수 없음. 식사 당번은 저녁 6시까지, 나머지는 저녁 7시까지 돌아올 것. 끝! 자, 지금부터 시후샘이 모둠장에게 이틀 치 용돈을 나눠 줄 거야. 언제 쓰든 어떻게 쓰든 의논해서 하면 돼."

어쩌다 보니 각자 스마트폰을 쥐고 있었다. 선영은 정해를 뒤쫓는 재미에 시간 가는 줄 몰랐는데 다른 애들도 비슷한 상황이었다. 쑤진샘의 10시 경고에 주위를 둘러보니 '교' 모둠만 남았다. 민혜를 따라 밖으로 나오자 찬과 정은도 뒤를 따랐다. 8월의 해는 이미 중천에 떠 있고 버스 정류장까지 닿기도 전에 땀이 흘렀다.

"경주니까 당근 문화재……. 우리, 이럴 게 아니라 말부터 트자. 다들 열여덟이라며? 어때?"

정은의 말에 찬과 민혜가 동의하고 선영도 고개를 끄덕였다. 신이 난 정은이 모두를 둘러보며 말했다. 미리 알아본 게 있었나 보다.

"박물관과 안압지 갈까? 그 앞 연꽃이 장관이래. 아니면 나정, 포석정 찍고 오릉까지?"

"헐! 이 더위에? 그것보다 최정은 네가 모둠장 하는 게 어때?

어제는 떠밀려 맡게 되었다만 아무래도 내 체질은 아니다. 너희도 다시 생각해 줬으면 해. 여기까지 와서 남의 옷 걸치기 싫거든."

찬이었다. 조용하고 착해 보이기만 했는데 무게를 실어 또박또박 하는 말에 고집과 강단이 실려 있다.

"정은이만 좋다면 뭐, 난 상관없어. 선영이 너는?"

민혜의 말에 선영이 고개를 끄덕였고 정은도 못이기는 척 받아들였다. 사람은 대개 자기 스타일대로 살게 마련이다. 척 봐도 정은은 앞이나 위에서 일을 꾸려 나가는 형이었고, 찬은 그 반대쪽이었다. 그러니 바꾸는 게 맞긴 하지만, 선영이 보기에 냉큼 모둠장이 되어 이야기를 중재하는 정은에게는 분명 얄미운 구석이 있었다. 남의 생각이나 시선 따위는 아랑곳 않던 유리나 동주가 생각나는 시점이기도 했다. 민혜와 찬의 말을 들으며 정은은 스마트폰을 한참이나 검색한 다음 아퀴를 지었다.

"오늘은 자전거 타는 걸로 하자. 틈틈이 탐방 코스도 살펴보면 좋겠고. 찾아보니까 대릉원 앞에 자전거 대여점이 있어. 일단 여기서 버스를 타야 해. 5분만 있으면 올 거야."

하지만 이날 '교' 모둠은 자전거를 빌리긴 했으나 제대로 타지는 못했다. 뜨거운 볕에 삐질삐질 땀이 흘러 30분도 채울 수 없었다. 나머지 시간은 계림 숲 그늘에서 빈둥거리기만 했다. 2인용 자전거를 탔던 민혜만 아쉽다며 혼자 산책을 나섰다. 첨성대를 보고 월성도 다녀왔다는데 백바지가 더러워지고 팔꿈치에 피가 맺혀 있었다. 문화재 발굴한다고 땅에 깔아둔 천을 잘못 건드리는 바람에 넘어졌다고 했다. 아닌 게 아니라 경주는 떡시루마냥 들어낸 땅바닥에 바짝 엎드린 채 붓질하는 사람들이 곧잘 눈에 띄었다.

스마트폰으로 게임을 하던 찬은 나무에 기대어 잠이 들고 정은은 왕릉과 스마트폰을 번갈아 가며 들여다보았다. 지적 호기심이 어지간했다. 페북을 뒤적이던 선영은 드디어 정샘의 수제자에 정해가 속해 있는 걸 포착했다. 정해가 남긴 글에서 '정미영 생물 선생님'을 발견한 것이다. 네다섯 명만 특별히 뽑아 어떤 공부를 하는데, 정해는 그 수업을 아주 중요하게 생각하고 있었다. 참 희한한 인연도 있구나 싶어 기분이 묘했다. 선영은 정해의 글에 댓글을 달다가 지워 버렸다. 정해의 답을 기다릴 것 같은 초조감이 싫었고 만나자는 말이라도 나온다면 응할 자신이 없었다.

오후엔 카페에서 대부분의 시간을 보냈다. 어디에 앉으나 왕릉이 눈앞에 있었고 선영과 찬에게는 스마트폰이 있었다. 이게 무슨 여행이냐며 구시렁대던 민혜는 정은을 끌고 첨성대 주위를 걷고 오더니 찍어 온 사진을 열어 선영에게 보여 주었다. 다양한 풍경을 담긴 했으나 솜씨가 그다지 좋아 보이지는 않았다. 초점이 안 맞는 게 더러 있었고 구도도 불안해 보였다. 그래도 여전히 심심한지 민혜는 묻지도 않은 진아 이야기를 했다. 아직도 유리에게 시달리긴 하나 우리말 실력이 늘면서 성적이 오르고 새 친구도 사귀는 중이라고 했다. 듣고 싶지 않은 학교 이야기라 선영은 마지못해 고개만 끄덕였다.

'여' 모둠이 만든 저녁 요리는 카레라이스였다. 쑤진쌤이 도와줘서 그런지 선영의 입에 잘 맞았다. 저녁 이후엔 자유 시간이었는데 쑤진쌤이 긴급하게 회의를 소집했다. 안건은 두 가지, 모둠 활동 때 별도로 가져온 돈을 쓰는 문제와 스마트폰의 회수 여부였다. 쑤진쌤은 결정하는 대로 따르겠다며 한쪽으로 물러났다. 한 애가 엄마 신용카드로 비싼 점심값을 결재한 사건으로 불거진 문제는 쉽게 결론을 봤다. 비상용이라며 부모가 찔러 준 카드는 물론 개인적으로 챙겨 온 돈도 모두 쑤진쌤에게 맡기기로 했다. 문제는 스마트폰이었다. 특히 남학생들이 흥분부터 했는데 성질 급한 요한이 제일 먼저 투덜거렸다.

"아, 개빡치네. 시간 지키는 것 말고는 다 자유라며? 씨바. 내가 폰 땜에 학교도 그만뒀는데 여기까지 와서 내놓으라고? 차라리 집에 가라고 하시지."

욕쟁이 요한의 말에 많은 애들이 박수로 동조했다. 누구는 저 새끼 선생이랑 싸우고 나왔다고 또 자랑질이냐고 낄낄댔고, 몇 명은 쑤진샘과 시후샘을 흘끔거리기도 했다. 신용카드 문제처럼 간단히 결정되는 분위기였다. 하루 종일 스마트폰을 끼고 있던 선영이지만 이건 아니다 싶은 생각이 들었다. 어차피 외국 나가면 요금이 무서워서라도 스마트폰을 못 쓸 테니 예비 모임에도 없는 게 좋을지 모른다. 정해 소식도 알았으니, 별로 아쉬울 일도 없다. 하지만 이런 분위기에서 반대 생각을 말하면 왕따당하기 십상이다. 10년으로 끝내긴 했지만 제도 교육에서 얻은 씁쓸한 지혜였다. 게다가 소수의 의견은 늘 묵살되기 마련이다. 그때 선영의 건너편에 앉은 '여' 모둠장이 말했다.

"우선 회의 중에는 욕을 쓰지 말았으면 해. 불쾌해. 높임말 안 쓰기로 했다고 되는 대로 내뱉자는 건 아니잖아. 그리고 이 문제는 좀 더 의견을 나누었으면 해. 신용카드 건은 주어진 용돈만으로 사는 것도 경험이다, 여행 취지며 공동생활의 기본이 그렇지 않다는 뜻으로 결정했잖아. 그런데 지금은 뭐야? 생각도 논리도 없이 그냥 싫다는 거잖아. 감정적으로 해결할 문제는 아닌 거 같아. 결론이 어떻게 나오든 회의는 회의다워야 하는 거 아니야?"

선영은 자기 마음과 같아 반색했지만, 5기 때도 그래왔듯 아무 말 하지 않았다. 자신이 가만히 있어도 회의는 늘 진행되었다. 이번에는 정은이었다. 정은은 100퍼센트 공감한다고 운을 뗀 다음 스마트폰을 활용한 이야기를 했다. 지도와 식당을 검색하고 문화재를 설명하는 어플로 쉽고 편리하게 다닐 수 있었다고 말했다. 그러자 다른 애도 카메라 용도로 쓰고 있으니 압수는 안 된다고 했다. 민혜의 말은 달랐다. 스마트폰이 있으니 모둠끼리도 따로 놀게 되어 함께하는 여행의 의미가 없다고 딱 잘랐다. 뒤이어 문화재 어플을 봐야 아는 거냐고, 그냥 보고 느끼면 되는 거 아니냐고, 채우는 게 아니라 비우라고 했으니 스마트폰 없이 지내는 것에 찬성한다는 목소리도 있었다.

도무지 결론이 나지 않고 이야기가 계속 맴돌았다. 보다 못한 쑤진샘이 내일 저녁에 다시 의논할 것을 제안해 간신히 회의를 마칠 수 있었다.

다음 날 민혜의 의상은 딱 붙는 반바지에 헐렁한 티셔츠였다. 고데기로 머리 손질까지 해서 텔레비전에 나오는 아이돌 가수 같았다. 선영은 민혜가 언제부터 저렇게 멋을 부렸는지 의아했다. 시후샘이 패션쇼에 가느냐고 퉁바리를 주자 민혜는 예쁜 것도 죄냐고 눙쳤다. 얼마나 친해졌다고 만만하게 구는 건지, 성격마저 유들유들하게 변했다. 농사짓는 공동체에 살던 애의 변화로는 더욱 납득이 되지 않았다.

펜션을 나서기 전, 민혜가 스마트폰을 두고 나가는 게 어떻겠냐고 말했다. 어제는 가지고 다녔으니 오늘은 없이 지낼 수 있는지 시험해 보자고 했다. 그러면 저녁에 내릴 결론도 서지 않겠냐고 덧붙였다. 정은이 그럴 수 없다고, 미션을 수행하기 위해서 사진도 찍어야 하고 자료도 준비해야 한다고 말했다. 선영은 미간을 찌푸리며 정은을 노려보았다. 저렇게 잘난 척을 해야 할까? 마음이 뒤틀리자 말이 먼저 튀어나왔다.

"뭘 얼마나 거창하게 할 건데?"

"왜 화를 내고 그래. 열심히 하자는 것도 잘못이야?"

정은의 말에 일등 못해서 죽은 귀신이라도 있느냐고 쏘아붙이려는데, 민혜가 선영의 팔을 잡았다.

"왜들 이래. 정은아, 네가 생각하는 발표가 뭔데?"

"리플릿에 UCC는 있어야⋯⋯."

"헐, 허어얼!"

선영이 소리쳤고 찬이 허허 웃었다. 기시감이라고 했던가, 그 순간 선영은 벽화 수행평가를 앞둔 모둠 회의가 생각났다. 색을 달리한 여러 밑그림을 시뮬레이션으로 돌려 보자 했던 동주 때문에 선영을 비롯한 모둠 구성원 모두 짜증스러워했다. 이후에도 사사건건 부딪친 걸 생각하니, 정은과는 어떻게 될지 예감이 좋지 않았다.

"꼭 그렇게까지 할 필요는 없다고 봐. 여기가 성적 매기는 학교도 아닌데 영혼 없는 보고서가 무슨 소용이야. 경치든 문화재든 머리가 아닌 가슴으로, 마음으로 느끼라고 쑤진샘도 그랬잖아."

민혜가 찬찬히 설득하고 찬이 동조했지만 정은은 자기 뜻을 굽히지 않았다. 결국 정은만 스마트폰을 갖고 나머지는 두고 가기로 했다.

첫 번째 코스인 나정을 향해 걷기 시작했다. 답사지로 나정과 오릉을 선택하고, '영웅의 삶과 죽음'을 테마로 삼자는 것은 정은의 생각이었다. 선영은 어디를 가든 무엇으로 엮든 아무런 관심이 없었다. 하릴없이 빈둥거리다가 어쩌다 눈에 들어오는 풍경, 살갗을 스쳐 가는 바람만 느끼면 족했다. 그 점은 민혜와 찬도 비슷할 것 같았다.

아스팔트 길을 따라 오르는데 옆에서 민혜가 풀썩 꺾였다. 선영이 반사적으로 잡았으나 이미 넘어지고 난 뒤였다. 어제오늘만 하더라도 벌써 몇 번째였다. 몸단장 잘하고 입도 야무진데 걸핏하면 넘어지거나 넘어질 뻔하니 일부러 그러는가 싶기까지 했다. 이번에도 멀쩡한 길에서 넘어지니 웃음부터 터졌다. 무릎에 맺힌 몇 방울 피를 쓱 문지르는 민혜와 눈이 마주치고서야 선영은 아차 하며 쪼그려 앉아 상처를 살폈다. 가벼운 찰과상이라 다행이었다. 민혜는 아무렇지 않은 듯 털고 일어섰고 선영은 민혜와 걸음을 맞추었다. 말없이 걷기만 하던 민혜가 입을 달싹달싹하더니 선영에게 말했다.

"저기, 선영아. 작년에 동주 소식 듣고 많이 놀랐어. 도대체 어떻게 된 거야?"

또 그 이야기였다. 이래서 선영은 다시 만난 민혜가 하나도 반갑지 않았다. 몇 걸음 뚜벅뚜벅 걸어가던 선영이 느릿느릿 대답했다.

"진아에게 들었어? 하긴 방송에도 나왔지. 보도 그대로야. 더 이상은 나도 몰라."

"그 뒤로 너 학교까지 그만뒀으면서? 아니다, 미안. 내가 괜히 묻어 둔 얘기를……"

"뭐, 그야……. 하아, 그만하자. 아는 것도 없지만 하고 싶지도 않다."

"선영아, 그래도 한 마디만……"

잠시 뜸을 들이던 민혜가 말을 이었다.

"속으로 삼킨다고 다 좋은 건 아니더라. 저기 봐, 땅을 파고 뒤집어야 유물이 나오는 거잖아. 꼭꼭 감춰 두는 건 의미 없어."

저만치 보이는 곳에 파헤쳐진 땅에 천막 같은 게 덮여 있고 젊은 남자 몇이 바짝 엎드려 있다. 유물이 다칠세라 가만가만 붓질하는 중일 것이다.

"곳곳에 저러고 있네. 경주는 땅만 팠다 하면 문화재인가 봐. 아직도 발굴할 게 많은가?"

같은 곳을 바라보던 선영은 언젠가 엄마가 했던 말을 떠올리며 대답했다.

"천년 역사니 그렇겠지. 대신 개발이 엄청 더디대. 집수리도 마음대로 못하고 고도 제한이란 게 있어서 높은 건물은 아예 지을 수 없어. 그러니 고인물 같은 거지. 잠깐 보는 건 좋아도 생활하기엔 답답할 거라는 사람도 있더라."

뒤따르던 찬이 선영을 보며 슬며시 웃었다. 민혜가 왜 그러느냐고 했더니 뼈 있는 농담을 했다.

"긴 말도 할 줄 아는가 싶어서."

그 말에 민혜는 물론 정은까지 빵 터졌다. 민망하고 당황한 선영이 걸음을 빨리 하는데 민혜가 쉬었다 가자며 소나무 그늘에 놓인 나무 벤치로 이끌었다.

"그럼 경주는 과거에 머물러 있는 도시, 정체된 도시라는 말인가?"

"내 생각은 좀 달라. 그래도 경주는 그 과거 덕분에 먹고 살잖아. 땅만 파면 보물이고 국보니 오죽 좋아. 현재라는 게 하늘에서 뚝 떨어진 게 아닌 바에는 과거란 이용하기 나름인 거지. 지금 모습이 어디에서 왔겠어?"

정은이 말하고 찬이 받았다. 됐다, 기회다.

"찬이 너도 긴 말 할 줄 아네?"

선영이 되갚은 혹에 모두들 웃음보가 터졌다. 고개를 파묻고 일하던 아저씨 한 분이 붓을 든 채 이쪽을 쳐다보았다.

도착하고 보니 오릉은 엄마와 함께 왔던 곳이다. 주차장과 매표소 앞이 휑했고 안은 더 한산했다. 한 바퀴를 다 돌 때까지 사람 구경을 못했다. 입구에 들어서자 잘 뻗은 소나무가 시야를 틔웠다. 길 양편으로는 활엽수가 푸른색을 더해 낮은 구릉 같은 무덤과 잘 어울렸다. 저건 누구의 능이지? 왜 오릉이라고 해? 민혜가 묻자 미리 준비한 듯 정은이 일사천리로 대답했다.

"모두 5기라서 오릉이라고 불리는데 1기만 원형 무덤이고 나머지는 봉토 무덤이야. 박혁거세와 알영부인, 남해왕, 유리왕, 파사왕의 무덤으로 전해지기도 하고 박혁거세의 조각난 몸을 다섯 군데에 묻었다는 설도 있어."

선영은 무덤 사이를 걸으며 고개를 끄덕였다. 건들건들 듣긴 했으나 역사적 사실을 알고 나니 더 의미 있게 보였다. 대나무가 우거진 알영정 입구에서 선영은 걸음을 멈추었다. 이곳만큼은 기억이 선명했다. 저만치 우물 앞에 섰던 자신의 모습이 보이는 듯했다.

여기가 알영 부인이 태어난 곳이라고요? 몇 걸음 넘어 저곳이 무덤인데……. 선영이 내질렀던 말에 엄마는 뭐라고 했던가. 삶과 죽음의 거리가 이렇게 가까운 거라며 고개를 주억거렸지. 선영은

눈을 들어 대나무 사이로 어른거리는 둥그런 왕릉과 발 앞의 알
영정을 번갈아 보았다. 하지만 선영은, 그때의 엄마와는 달리, 아
직 죽음이라는 걸 인정할 수 없다.

그늘을 밟아 숙소로 돌아오면서 정은이 발표회 걱정을 했다.
애가 타는 표정이었다.

"파일도 만들고 프린트도 좀 해야지 않을까?"

"뭐, 되는 대로."

찬이 심드렁하게 대답했다. 그러자 이번엔 민혜와 선영을 보며
말했다.

"너희 생각은? 발표자도 정해야 하고."

"뭐, 되는 대로."

선영이 찬을 흉내 내었고 정은의 표정을 살피던 민혜가 정리
했다.

"관심사가 다르니 뭘 같이 만들 순 없을 것 같아. 각자의 방식
대로 본 것, 느낀 것을 얘기하기로 하자. 돌아가며 뭐, 되는 대로!
오케이? 모둠장이 순서만 정해 줘."

"그렇게? 뭘 할 건데?"

감정을 꾹꾹 누르는 듯한 표정으로 정은이 말했다.

"내 맘대로, 되는 대로. 춤을 추든지 노래를 하든지."

찬이 낄낄거리며 대답했다. 뭐 어떻게든 되겠지 싶으니 선영도

뜬금없는 배짱이 생겼다. 하루 종일 그저 걷기만 한 게 아니었다. 정은이 얄미워 다투기도 했으나 동주 때와 다르게 신경이 날카로워지진 않았다. 실수를 연발하는 민혜 때문에 모처럼 많이 웃었고 찬도 은근히 재미있었다. 이 정도라면 하루하루가 그다지 허무하진 않을 듯했다. 여행을 떠나도 혼자 낙오하여 국내로 돌아와 버렸던 5기 때와는 다를 수 있을 거란 느낌이 어렴풋이 들었다. 당시 선영은 돌아올 수밖에 없었던 이유를 백 가지라도 들 수 있었지만 조목조목 따지고 드는 엄마의 말대로라면 모두가 핑계이기도 했다.

저녁 8시, 첫 발표회에 앞서 스마트폰 문제를 아퀴 짓기로 했다. 찬성과 반대쪽 모두 어제보다 진지했지만 논점은 크게 다르지 않았다. 있으면 다용도로 편리하고 없으면 모둠 구성원끼리 가까워진다는 얘기로 압축되었다. 이야기가 맴돌자 정은이 나섰다. 재바르고 똑똑하지만 어쩐지 불안해 보여 선영은 내면 저 아래에 숨어 있는 동주가 문득문득 떠오르곤 했다. 보면 볼수록 둘은 말하는 것이나 행동하는 게 비슷했다.

"이번 여행의 근본 취지가 서로 가까워지는 것이라고 했잖아. 그렇다면 스마트폰이 가진 장점보다 없어야 얻을 수 있는 장점을 크게 봐야 한다고 생각해. 문제는 카메라까지 못 쓴다는 건데."

84

그러자 '여' 모둠 여자애가 자신은 디카가 있다고 했고 뒤이어 '행' 모둠 남자애도 수동식 카메라를 가져왔다고 했다. 이야기가 치열하게 오고 가며 결론이 나왔다. 아무리 인화 단결이 중요해도 사진을 안 찍을 수는 없으니 '학' 모둠과 '교' 모둠은 스마트폰을 하나만 가지되 카메라로만 쓰고 나머지는 모두 본부에 맡기기로 했다. 그쯤 되자 찬과 남자애 몇도 헐, 이라면서 스마트폰을 꺼냈다. 각자 마지막 문자나 카톡을 보낸다고 때 아니게 소란스러웠다. 선영도 문자 메시지 버튼을 눌렀다. 보내지 못했던 답장이 신경 쓰였다. 숙소에 돌아와 스마트폰을 여니 낯선 번호로부터 문자 메시지가 두 개 들어와 있었다. 어디에서 뭘 보는지 궁금하다는 얘기와 답이 없다는 장난스런 책망이었다. 선영은 시후 오빠와 액정 화면을 번갈아 보다가 맥없이 기계를 덮었다. 뒤늦게 보내는 게 생뚱맞기도 하거니와 별로 할 말도 없었다.

개입 없이 지켜보기만 하던 쑤진샘이 한군데 모인 스마트폰을 보고 환하게 웃었다. 감동과 과장의 명수답게 온갖 미사여구가 다 동원되었다.

"헐, 살다 보니 칭찬도 다 듣고. 우리 낚인 거 아냐?"

누군가의 말에 모두 웃으며 발표회를 시작했다. 자연스럽게 쑤진샘과 시후샘이 앉은 쪽이 무대가 되었다. 구성원끼리 크로스 인터뷰를 하는 모둠, 남산 전체를 기단으로 삼은 용장사지 삼층

석탑과 얼굴 없는 석가좌상을 소개하는 모둠, 이차돈의 순교 이야기가 전해지는 흥륜사를 탐방한 모둠에 이어 '교' 모둠 차례가 되었다. 무대 쪽으로 나간 선영은 자신을 응시하는 많은 눈빛을 보았다. 무슨 마음으로 배짱을 부렸는지 새삼 후회가 되었다. 한 발 앞에 선 정은이 우리 모둠은 메들리로 하기로 했다면서 혼자 만든 자료를 돌렸다. 짧은 시간에 나정과 오릉, 알영지에 대한 글과 사진을 무려 10페이지에 걸쳐 담아냈다. 모두들 입을 쩍 벌렸다. 이렇게 학구적인 애가 왜 학교를 그만두었는지 묻고 싶을 지경이었다.

정은과 자리를 바꿔 선 찬은 중졸, 열여덟 살이라고 자신을 간단히 소개한 다음 '내가 잘하는 것'에 대해 이야기하겠다고 했다. 나는 하루 종일, 아니 한 사흘쯤 아무것도 안 하고 가만히 있을 수 있어. 아무리 생각해도 그것밖에 없는 거 같네. 무엇에 심취해 있지 않으니 오타쿠는 아니야. 그렇다고 히키코모리하고도 달라. 나는 그냥 아무것도 안 하고 아무 생각 없이 있을 수 있어. 고등학교는 입학식에도 안 갔어. 원하는 학교가 아니었으니 딱 싫더군. 엄마가 윽박지르면서 학교 앞까지 태워다 주면 교문 앞에 있다가 점심때쯤 집으로 왔지. 한 두어 달 지나니 부모님도 포기, 여기는 보다 못한 엄마가 억지로 보내서 왔어. 그러니까 나는 어제와 오늘, 중학교 졸업 이후 가장 많이 움직인 거야. 그런

86

데 뭉쳐 다니다 보니 나쁘지 않더라. 이유는 아직 모르겠지만.

자기 차례가 되자 선영은 손에 쥐고 있던 종이를 폈다. 발표할 게 걱정이 되어 저녁 시간에 오늘 겪은 좌충우돌을 '되는 대로'라는 제목으로 급하게 글로 썼다. 말로 다시 부려낼 솜씨가 없는 선영은 그것을 죽 읽어 내렸다. 가슴이 두근거리고 손에 땀이 났다. 빨리 끝내고 싶은 마음뿐이었다. 박수를 받고 뒤쪽으로 빠지면서는 무엇 하나 제대로 해내지 못하는 자신이 미웠다. 벅차올랐던 느낌을 그대로 살리지 못했고 벌벌 떨기만 했다. 그러면서 툴툴거리기는 혼자 다 하고 있으니 스스로가 한심하고 부끄러웠다.

마지막 순서인 민혜는 배꼽 인사로 청중을 웃긴 다음 자신의 미래에 대한 이야기를 하겠다며 말문을 열었다.

"조만간 닥칠 저의 확실한 미래는 전맹입니다."

누군가 말을 끊고 그게 뭐냐고 물었다.

"앞을 전혀 볼 수 없다는 말입니다. 저는 지금 조금씩 시력을 잃어 가고 있어요."

선영의 눈이 커지고 몸이 움찔거렸다. 뭐란 말인가. 그래서 자전거를 못 타고 자꾸 넘어졌다는 건가. 그런 줄도 모르고. 말을 하지, 말을 했어야지…….

"더 늦기 전에 저는 점자와 컴퓨터를 배워야 합니다. 안마 기

술을 배우기 위해 맹학교로 진학할지도 모르겠어요. 그래서 지내던 공동체에서도 나왔고요. 이번 여행학교는 그런 일을 하기 전에 가족과 친척이 마련해 준 선물입니다. 이렇게 예쁘고 성격 좋은 제가 맹인이라니, 믿을 수 없죠? 그런데 저는 이제 받아들이려고 해요. 내가 어찌할 수 있는 일이 아니니까요."

"치료하면 되잖아."

꽉 잠긴 누군가의 음성에 민혜가 말을 이었다.

"시기가 좀 늦어질 수는 있어도 결국에는 안구 이식밖에 없어요. 당연히 기다리는 사람이 엄청 많고요. 그러니 어떻게 저까지 욕심내겠어요. 뭐, 아직은 괜찮고요, 말씀드리고 싶은 건 저의 또 다른 미래를 지켜봐 달라는 거예요. 저는 안마사보다 특수 교육을 전공해서 맹학교 교사가 되고 싶거든요. 맹학교에 상담하러 갔는데 그런 선생님들이 계시더라고요. 덕분에 새로운 목표가 생겼어요. 이렇게 말하고 나면 포기하지 않을 거 같아 발표하는 거예요. 그리고 해외에 나가면 친구들 도움을 많이 받아야 할 거 같아 거, 뭐냐, 커밍아웃하는 거고요. 마지막으로, 저를 가게 해 주신 쑤진샘! 고맙습니다."

민혜의 인사에 모두 박수를 쳤다. 하지만 선영은 감은 눈두덩에서 손을 떼지 못한 채 탄식의 한숨만 내쉬었다. 미안하고 부끄러워 아무 말, 어떤 몸짓도 할 수 없었다.

시후샘이 해산하라고 했음에도 불구하고 몇몇은 펜션 마당을 떠나지 못하고 있었다. 저만치 차를 대기한 엄마 아빠를 보면서도 여전히 이야기를 나누었다. 선영도 할 수 없이 그 속에 끼게 되었다. 찬을 비롯한 몇몇을 터미널로 바래다주기 위해 쑤진샘이 차를 갖고 나갔기 때문이다. 돌아보니 7박 8일이 금방 흘러갔다. 그동안 이틀을 주기로 세 번 모둠을 바꾸었으나 노는 건 비슷했다. 선영은 자전거를 하루 내내 탔고, 어떤 날은 지치도록 왕릉만 찾아다녔다. 발표 때는 아이돌 그룹의 노래와 율동을 따라 하기도 했고 어설픈 촌극을 하기도 했다.

민혜와 포옹을 한 다음 돌아서다가 시후샘과 마주 보게 되었다.

"괜찮았지? 얼굴이 조금 나아졌네. 보기 좋아."

시후샘이 말을 걸어 주는 바람에 선영은 용기 내어 마음에 담아 둔 말을 했다.

"정샘이 말씀하셨다는 수제자 중에 이정해라는 친구가 있어요. 잘 부탁드린다고 전해 주세요."

시후샘은 선영을 빤히 쳐다본 다음 천천히 대답했다.

"그래? 음, 그런데 네가 직접 말씀드리는 게 좋을 거 같다. 네 친구라니까. 사는 소식도 직접 듣고 말이야."

발끝으로 땅에 선을 긋고 있던 선영이 긍정도 부정도 않은 채 고개를 끄덕였다.

쑤진샘이 돌아오자 학부형들이 가까이 다가왔다. 여행을 떠나면 매일 컴퓨터로 자식들의 사진과 글을 찾을 사람들이었다. 일행은 쑤진샘의 재촉으로 간신히 헤어진 다음 기다리고 있던 차에 올랐다. 방향이 같다던 정은과 민혜가 고급 승용차 안에서 큰소리로 인사했다. 그 뒤를 이어 차들이 쑥쑥 빠졌고, 본의 아니게 선영은 배웅하는 일행에 끼여 손을 흔들었다.

넷이 탔던 쑤진샘 차도 설 때마다 한 명씩 내려놓아 이제 선영만 남았다. 혼자가 되자 그동안의 긴장이 풀리는지 졸음이 쏟아졌다. 까무룩 잠으로 빠져드는구나 싶은 순간, 스마트폰이 짧게 울었다. 선영은 눈을 제대로 뜨지도 못한 채 스마트폰을 들었다. 문자 메시지였다. 선영은 무의식적으로 쑤진샘을 경계하듯 힐끔 쳐다보았다. 잠은 이미 깬 뒤였다.

– 보면 볼수록 너는 경주! 푹 쉬고 9월에 만나자.

선영의 입가에 희미한 미소가 걸렸다. 잠시 뒤 선영은 '연락처 추가' 버튼을 눌렀다.

4

오시비엥침

쑤진샘이 손을 흔들며 마지막으로 기차에 올랐다. 친구들은 여전히 창밖으로 몸을 뺀 채 작별 인사를 외쳤다. 그 소리가 점점 멀어지고 기차마저 보이지 않게 되자 선영은 고개를 돌렸다. 찬과 눈이 마주쳤다. 이제 우리만 남았네, 잘해 보자. 정은이 어깨를 으쓱이며 말했다. 여행학교가 진행되는 내내 그래 왔듯 기대와 자신감이 넘치는 목소리였다. 선영은 못 들은 척 신발 끝으로 땅바닥을 두어 번 찍었다. 하필 정은과 남게 되다니, 시작부터 마음이 복잡해졌다.

셋이 나란히 걸으며 크라쿠프 중앙역을 빠져나왔다. 마주 오던 여자가 그들을 빤히 쳐다보았다. 얼굴이 작고 코가 커서 동화에서 튀어나온 마귀할멈 같았다. 지엔 도브리. 찬과 정은을 따라 두 번째는 선영도 같이 외쳤다. 지엔 도브리. 깜짝 놀란 듯 여자가 종종걸음을 쳤다. 현지어로 동시에 인사하기는 여행학교 놀이의 시작이었다. 그런데 조금 전엔 어쩐지 맥이 없었다. 십 대 후반, 열일곱 명의 동기생들이 생각났다. 인도 머수리와 마날리, 발칸 반도를 함께 다닐 때는 차라리 혼자이길 원했는데 벌써부터 그리워졌다.

높은 돔과 화려한 샹들리에로 장식한 대합실을 빠져나와 광장을 가로질렀다. 갈레리아 백화점 앞에서 횡단보도를 건너 중앙시장 광장 쪽으로 걸었다. 12월의 바람이 제법 찼다. 플로리안스카 문을 지나 세 번째 집, 찬이 두꺼운 문을 밀며 옆으로 섰다. 오호, 역시 매너 남! 엄지손가락을 치켜세우며 들어가는 정은과 달리 선영은 주춤거렸다. 벽화 작업이란 말에 솔깃해서 남긴 했으나 아직도 헷갈렸다. 가능하다면 지금이라도 피하고 싶었다. 찬의 눈길에 밀려 안으로 들어가면서도 한숨이 흘렀다. 찬이 문을 닫자 그 진동으로 폴란드 문자와 한글이 나란히 적힌 게스트하우스 간판이 잠시 떨렸다.

"친구들 잘 갔어? 너희는 정말 후회 없는 거야? 내뱉은 말이라고 괜히 책임감 가질 필요 없다. 프라하 안 봐도 돼?"

"강마마, 하나씩 물어봐요. 진짜 속사포야."

정은이 말하고 찬과 선영이 고개를 끄덕였다.

"내가 그랬나? 하긴, 질문이랄 것도 없다. 가만있으면 뭐 하니, 우리도 시작하자. 함께하기로 한 이상 나도 딱 사 분의 일만 발언권을 가질게. 동등하게 하자고. 도안 회의할까? 청소부터?"

닷새를 같이 지냈을 뿐이지만 강마마의 성격은 알만 했다. 가만히 앉아 있을 때는 한없이 고요하고 새침한 얼굴인데 일을 시작했다 하면 일사천리였다. 그러니 이 먼 곳에서 혼자 게스트하우스를 하고 있겠지. 타국 생활에 사연 없는 사람이 어디 있겠냐만 강마마는 특히 추리가 어려웠다. 보이는 나이부터 삼십 대에서 오십 대까지 오락가락했다. 게스트하우스와 카페의 인테리어를 보면 감각이 남다르고, 굵게 쌍꺼풀진 눈과 오뚝한 코는 미인 소리를 들을 만했다. 하지만 펑퍼짐한 몸매에 아무렇게나 걸친 작업복을 보면 여자가 맞는가 싶기도 했다.

"그라피티로 해야 해요?"

외국을 다니며 숱하게 봐 왔던 스프레이 페인트 그림은 폴란드 옛 수도인 이곳 크라쿠프에도 마찬가지였다.

"그야, 우리가 의논해야지. 선영과 찬은 어때?"

"이왕이면 우리 식으로, 한국식 벽화요."

찬의 말에 선영도 고개를 끄덕였다. 그리고 싶은 도안 얘기도 쏟아졌다.

"좋다, 좋아. 우리 집이 화려한 옷을 입겠네. 일단 세척부터 하자. 하루 정도는 바짝 말려야 할 테니까 말이야. 도안 아이템 회의는 저녁에 하고. 아, 그리고 작업 끝날 때까지 게스트하우스는 물론 카페 손님도 안 받을 거야. 방 청소와 식사 당번도 돌아가면서 한다!"

"우우, 독재."

정은이 입을 삐죽이며 말했다. 늘 앞서 가긴 하지만 틀린 말은 아니었다. 어차피 비수기이고 여행학교 팀 말고는 손님도 없었다. 그런데 저 당당함은 어디서 나오는 걸까? 선영은 두 손을 앞으로 내밀며 어깨를 으쓱하는 강마마를 바라보았다. 슬쩍 웃음이 났다.

나란히 걷던 강마마가 팔짱을 끼는 바람에 선영이 멈칫했다. 걸음을 맞추려니 신경이 쓰였지만 나쁘진 않았다. 유대인 지구인 카지미에슈로 가는 길, 더 정확하게는 시장으로 가는 길이었다. 선영은 저녁 식사 준비를 위해, 강마마는 길 안내 차 함께 나섰다.

"아, 수백 번 다닌 곳인데 이러고 걸으니 더 좋다. 딸과 걷는 거 같아."

"딸, 있으세요?"

"아니, 없어. 내 딸 할래? 쑤진샘 없는 틈을 타서 말이야."

"어? 아세요?"

"놀라긴, 걱정 마. 비밀이라는 것도 알아. 듣기 전까진 깜깜 몰랐지 뭐니. 떼 놓고 가려니 마음이 무거우셨나 봐. 애들과 있을 땐 에너자이저 쑤진샘인데 그 순간엔 천생 엄마더라."

선영은 갑자기 목이 멨다. 엄마라는 말을 들었을 뿐인데 견디기 힘들었던 일들이 하나하나 떠올랐다.

"표정이 왜 그래? 내가 괜한 말을 꺼냈나 보다."

"아니에요⋯⋯. 엄마는 제가 학교에 계속 다니길 바라셨어요. 그때는 제가 꼬여 있어서 많이 싸웠어요. 엄마는 어떻게든 이겨내라는 건데 저는 위선이라고 쏘았어요. 학교 다니다 숨 막혀 죽어도 좋으냐, 대안학교 교사이면서 자식 자퇴하는 꼴은 못 보는거냐, 뭐 이런 식으로⋯⋯."

"에고, 전생 원수가 자식으로 태어난다는 말이 왜 있겠어? 자식 못된 거 나도 겪어 봐서 알아. 그래도 찐하게 붙어 지내니 부럽기도 하다. 두 번이면 도대체 몇 나라를 같이 다닌 거야?"

"5기 때는 아니었어요. 엄마가 같이 간다고 했으면 구만리 밖으로 도망갔을걸요. 이번에도 오리엔테이션할 때까지 몰랐어요. 절 키운다고 나가고 싶은 걸 여태 참았으니 막지 말라는데, 저도 어쩌지 못하겠더라고요."

시장 입구는 온통 꽃이었다. 붉고 큰 꽃들로 꾸며진 화환과 바구니가 가게마다 진열되어 있었다. 이끌리듯 뛰어갔지만 모두 조화였다. 첫날 보았던 유대인 묘지가 가까이 있다는 설명을 들었지만 생명 없는 꽃은 싫었다. 물끄러미 선영을 바라보던 강마마가 대화를 이었다.

"흐흐, 쑤진샘답다. 한방 날리셨구먼. 그래, 지금은 엄마랑 어때? 봄에 마날리 벽화 작업도 참여했어? 그림 잘 그려? 어? 또 웃네. 역시 내가 정신없이 퍼붓는 거야?"

"예, 하나씩요……. 엄마로는 잘 모르겠지만 쑤진샘으로는 좋아요. 마날리에서는 안 했어요. 다른 이유가 있긴 했지만 무엇보다 아무 의욕이 없었어요. 5기 때는 얼른 끝나기만 바라다가 결국 혼자 귀국해 버렸고요."

"다른 이유라면……."

강마마가 말꼬리를 늘이며 선영의 눈치를 살폈다. 아랫입술을 자근자근 씹던 선영이 한참 만에 입을 열었다.

"음……. 학교 다닐 때 학교 외벽에 그림 작업을 한 적이 있어요. 미술 수행평가이기도 했는데, 친구가 그 일을 마치고 난 뒤…… 죽었어요. 중학교 때부터 친했지만 같은 모둠 하면서 오히려 많이 부딪치고 싸우고……."

평생 갇혀 있을 줄 알았던 말들이 흘러나왔다. 스스로 의아해하며 선영은 말을 이었다.

"…… 나중에 벽에 남겨진 내 이름을 봤어요. 그 친구가 구름과 꽃 사이에 숨겨 두었더라고요. 어떤 마음으로 그랬을까, 오래 생각해 봤지만 아직도 잘 모르겠어요."

"어쩌면 모르는 게 답일 수도 있어. 나도 여기 5년 째 살고 있지만 모르겠거든……. 첫날에 아우슈비츠를 안내할 때부터 네가 눈에 띄긴 했어. 보통은 분노하거나 외면하는데 너는 냉랭하달까, 차분하다고나 할까, 암튼 달랐어. 그래도 네가 뭔가를 결정한 건 여행학교 다닌 이후로 처음이라고, 쑤진샘이 그러더라. 그게 중요한 거지."

채소와 과일 좌판이 보이자 강마마가 선영을 앞으로 밀었다. 재료를 사는 것부터 전적으로 당번이 할 일이었다. 선영은 얼마나 싱싱한지 아삭아삭 소리 날 것 같은 색색의 파프리카와 표고, 양송이를 샀다. 버섯은 익히고 파프리카는 생으로 내놓을 생각이었다. 남은 돈은 폴란드 김치라고 일컫는 양배추 절임을 샀다. 시장을 돌아 나오며 선영은 가슴을 폈다. 단지 찬거리를 샀을 뿐인데 까닭 모를 뿌듯함으로 마음이 뜨뜻했다. 아마 동주 이야기를 해서인지도 모르겠다.

물로 씻어 내린 카페 외벽이 거의 말랐다. 하지만 도안 결정은

쉽지 않았다. 한국적인 것에 합의는 되었지만 그 범위가 너무 넓었다. 정은은 민속놀이를 고집했고, 찬은 말춤 추는 싸이를 그리자 했다. 강마마는 카페 이름과 연관 지어 강을 원했고, 선영은 한글 자모를 살리고 싶었다. 저녁 내내 이야기를 나누었지만 계속 그 자리였다. 여태까지 그래 왔듯 정은은 자기 뜻을 굽히지 않았다.

"최정은! 뭐 하려고 계속 찍어 대니? 이런저런 낙서일 뿐인데."

세척 작업부터 시작해 매순간 디카를 들이대는 정은에게 찬이 쏘아붙였다. 좀처럼 속을 드러내지 않는 애인데도 말이 삐딱했다.

여행학교에 다닌다고 해서 모두 학교를 싫어하는 게 아니고 대학을 포기한 것도 아니다. 오히려 이런 경험을 포트폴리오로 잘 만들어 수시 전형으로 대학에 들어가는 애들이 있다. 선영과 마찬가지로 찬도 정은에게 그런 모습을 본 것이리라. 정은이 유명 대학에 합격한 3기 선배와 친하다는 것, 그에게 얻은 정보대로 포트폴리오를 준비한다는 것은 모두가 알고 있는 사실이다. 정은이 저 혼자만 비밀이라고 생각할 뿐이다.

"진행 과정을 담아 두면 좋잖아. 마무리 공연 때 발표도 해야 하고."

정은이 눈을 동그랗게 뜨고 말했다. 뭐가 문제냐는 말투, 역시

기름 같은 아이였다. 강마마가 대꾸하려던 찬의 팔을 붙잡았다. 찬은 선영을 바라보며 두 눈에 힘을 주었다. 선영은 이번엔 절대 물러서지 말자는 뜻으로 알아듣고 고개를 끄덕였다.

다음 날 각자 그려 온 도안을 펼쳤다. 완성도로만 보자면 정은의 그림이 좋았다. 전통 민화를 재현한 듯했다. 강마마의 그림도 시선을 끌었다. 화면을 가로지르는 넓은 강은 한국적이면서도 이곳 바벨 성 앞을 흐르는 바스와 강 같기도 했다. 가지 끝이 무성한 나무는 클림트의 '생명의 나무'를 떠올리게 했다. 그에 비하면 선영이나 찬의 그림은 구상 스케치에서 벗어나지 못했다. 선영과 찬이 강마마의 그림을 선택하자 정은의 얼굴이 일그러졌다.

"밤새 그렸단 말이야. 너희 왜 말을 바꿔? 다들 나한테 왜 그래?"

가시가 박힌 말이었다.

"너한테 그러다니, 그림을 보고 하는 얘기야."

"선영이 말이 맞아. 건물의 용도를 봐야지. 주위 건물과 조화도 중요하고. 무엇보다 너 때문에 이야기가 자꾸 맴돌고 있잖아."

찬이 말하자 정은이 얼굴이 벌게진 채 벌떡 일어섰다. 강마마가 정은의 팔을 잡으며 끼어들었다.

"왜들 이래? 이런 것 하나 조율 못해? 쑤진샘이 자랑하던 머수리, 마날리 공연은 어떻게 했어? 우리는 뭘 버리자고 모인 게 아니잖아. 좋은 것을 조합하자는 거지. 의견을 모아 보자고."

그래도 정은은 샐쭉한 표정을 풀지 않았다. 선영과 찬도 마찬가지였다. 뚝뚝 끊기거나 비아냥거리던 대화조차 완전히 잦아들었다. 무거운 침묵 끝에 강마마가 말했다.

"이것 봐, 몇 달씩이나 여행을 다니면 뭐 해? 여전히 스스로 만든 틀 속에만 있어. 과거에 묶여 한 걸음도 못 내딛고 있잖아. 셋 다 똑같아. 저만 괴롭고 저만 주인공이네. 정말 실망이야. 내가 도와 달란 것도 아니니 지금이라도 접자, 그만둬. 쑤진쌤에게 연락하고 당장 떠나."

쏜살같이 말을 뱉더니 강마마가 나가 버렸다. 선영이나 정은이 뭐라 대꾸할 새도 없었다. 정은은 자신의 도안을 북북 찢었다. 그러고도 한참을 씨근덕거리더니 방으로 달아났다. 아무 말 없이 이쪽저쪽을 살피던 찬이 밖으로 나가려다 말고 방으로 들어갔다. 정은의 울음에 발목이 잡혔음에 틀림없다. 그동안 보아 왔던 착한 캐릭터 그대로다.

선영은 눈에 보이는 대로 지갑을 들고 강 카페 문을 열었다. 찬바람이 얼굴에 부딪쳤다. 틀, 과거, 두려움…… 강마마의 말이 머리를 쪼아 댔다. 선영은 주머니에 손을 푹 찌른 채 되는 대로 걸었다.

잠시 후, 선영은 아우슈비츠로 가는 기차에 타고 있었다. 여행학교 친구들과는 버스로 이동했기에 기차로는 처음이었다. 여러 나라를 다녔지만 혼자 움직이는 것도 처음이었다. 평일이라 그런지 손님이 많지 않았다. 몇 자리 건너편의 남자가 노려보는 것만 같았다. 선영은 외투를 여미며 자리에 붙박인 듯 꼼짝하지 않았다. 핸드폰은 애당초 없었고 여권마저도 숙소에 두고 나왔다. 검표원에게 돌아가는 방법을 물어볼까 했지만 언어가 통하지 않았다. 혼자 무슨 짓을 하고 있는지 그제야 겁이 났다.

창밖으로 낯선 풍경이 지나갔다. 가만히 바라보고 있자니 어느 순간부터 선영의 가슴이 쿵쾅거렸다. 꿈틀꿈틀, 내면 깊이 묻어 두었던 그 무엇이 밖으로 나오려고 했다. 가슴에 손을 대어 눌렀지만 소용없었다. 학교 옥상에서 떨어지던 동주⋯⋯. 아이들의 울부짖음과 달려가던 자신, 동주를 안은 손에 묻어나는 피⋯⋯. 언제나처럼 저절로 감겨 버린 눈, 그나마 의식이 달아나지 않아 다행이었다. 선영은 떠오르는 장면을 바로보고자 눈에 힘을 주었다. 하나, 둘, 셋, 넷. 마음속으로 숫자를 셌다. 그러자 쿵쾅거리던 가슴이 조금씩 가라앉았다. 쑤진쌤이 일러 준 대로 하니 덜 괴로웠다.

그렇게 동주는 떠났지만 책임지는 사람은 아무도 없었다. 학교는 가정불화로 인한 우울증과 성적 비관으로 서둘러 끝맺음하고 반 아이들은 기말고사 준비를 하면서 아무도 동주를 호출하지 않았다. 선영은 그렇지 못했다. 시기하고 질투했던 자신을 견딜 수 없었다. 은따를 묵인하고 은근히 조장까지 했던 자신을 용서할 수 없었다. 오버하지 말라고, 일등이 떠났으니 솔직히 좋지 않느냐는 말까지 하는 아이들을 제정신으로 쳐다볼 수 없었다. 나약한 제자 때문에 내가 무슨 죄냐고 떠드는 담임을 용서할 수 없었다. 자신을 혼란으로 밀어 넣은 동주도 원망스러웠다. 어쩌면 그게 가장 컸을지도 모른다. 하루는 교실 유리창을 깼고 기말고사 때는 시험지를 받는 족족 찢어 버렸으며 훈계하는 담임한테는 바락바락 대들며 의자를 집어 던졌다.

미친 날들의 끝, 징계를 받는 대신 자퇴서를 쓸 때는 마음이 홀가분했다. 심리 상담을 받자는 엄마의 간청도 거절한 채 선영은 틀어박혔다. 다른 친구들과도 연락을 끊었다. 결국 엄마밖에 남지 않았다. 엄마는 점심시간마다 집에 와서 선영의 밥을 챙겨 주었고 책과 화초, 심지어 강아지까지 사 날랐다. 검정고시 학원과 각종 대안학교 자료도 가져왔다. 선영이 모르쇠로 일관하자 엄마는 자신이 교사로 있는 여행학교로 가자고 했다. 아무 의욕 없이 어영부영하던 선영은 엄마의 마지막 카드에 굴복 아닌 굴복을 하게 되었다.

다시 몇 군데 정거장이 스쳐 갔다. 그라피티를 볼 때면 어쩔 수 없이 동주와 함께 그렸던 벽화가 떠올랐다. 동주가 놀이처럼 숨겨 놓았던 두 글자……. 동주의 마음을 만지기라도 하듯 선영은 차창에다 손가락으로 글씨를 써 보았다. 친구와 자신의 이름이 흐릿해지면 손등으로 문질렀다. 쓰고 지우고 쓰고 지우기를 반복하니 마음이 조금씩 가라앉았다.

두 시간 가까이 지나서 역에 도착했다. 아우슈비츠는 독일이 자기 식대로 지어 부른 것일 뿐 폴란드 지명으로는 오시비엥침이었다. 선영은 오시비엥침, 오시비엥침, 발음이 익숙해질 때까지 중얼거렸다. 어쩐지 이름만이라도 제대로 불러 줘야 할 것 같았다. 선영은 수용소를 향한 이정표를 따라 걸었다. 길과 나란히 뻗은 철로가 보였다. 지난번에 보았던 대로라면 저 철로가 끝나는 지점에 브제진카 수용소가 있다. 가스실과 화장터, 재를 버린 연못……. 직접 본 풍경 위에 영화 속 인물들이 겹쳐지며 참혹했던 그 시대가 떠올랐다. 지난여름에 봤던 '글루미 썬데이', '피아니스트', '쉰들러 리스트', '인생은 아름다워'와 같은 영화에서였다. 하나같이 아우슈비츠가 배경이고 유대인이 주인공이었다. 엄마가 보기에 시부저기 옆에 앉았던 것인데 알고 보니 여행학교를 위한 교재 연구였다. 동유럽을 다니는 동안 애들에게 풀어 놓는 이야기를 듣고 보니 그랬다. 애들이 쑤진샘, 쑤진샘 하면서 따르는 이유가 다 있었다.

선영은 수용소 정문 앞에 섰다. 아치형 문에 독일어로 된 문장 하나가 걸려 있다. ARBEIT MACHT FREI. '노동이 너희를 자유케 하리라'는 뜻이라니 다시 봐도 아이러니다. 아우슈비츠라는 지명처럼 가해자의 언어였다. 선영은 걸음이 닿는 대로 이중으로 설치된 고압선과 죽음의 벽, 가스실과 여러 블록을 드나들었다. 머리카락으로 짠 양탄자, 산처럼 쌓인 가방과 안경, 어린아이들의 사진과 옷……. 처음 볼 때처럼 머리카락이 쭈뼛 서고 몸이 떨려왔다. 이윽고 선영은 동주를 떠올리게 했던 사진 앞에 섰다. 머리카락이 잘린 채 옆으로 돌아앉은 열네 살 헝가리 소녀, 그때처럼 바싹 마른 소녀는 그 덩그런 눈으로 선영을 바라보고 있었다. 선영은 앙상한 팔과 드러난 등뼈를 향해 손을 내밀었다가 맥없이 거두었다.

이제 다른 것은 보고 싶지 않았다. 선영은 수용소를 나와 잿빛 담벼락을 따라 걸었다. 벌써 해가 지는지 사위가 어두워져 갔다. 옹송그린 채 빠르게 걷던 선영의 머리 위로 그림자가 훅 끼쳤다. 선영은 자신도 모르게 짧은 비명을 질렀다. 바람에 흔들리며 담 안팎을 넘나들던 포플러 나무였다. 걸음을 멈추고 포플러의 우듬지를 올려다보는데 갑자기 눈물이 솟구쳤다. 서둘러 다시 걸으려고 했으나 이미 터진 눈물이었다. 찰랑찰랑, 넘치기 직전의 샘이었을까? 그치기는커녕 엉엉 소리까지 보태졌다. 선영은 담벼락에 얼굴을 묻었다가 그대로 쪼그려 앉았다. 동주의 아픔이 선영의 가슴을 쳤다. 이름을 새기면서 내게 마지막 신호를 보낸 거야. 얼마나 힘들었을까, 얼마나 무서웠을까……. 왜 몰랐을까, 왜 보듬어 주지 못했을까, 미안해, 미안해…….

얼마나 울었는지 모르겠다. 문득 위를 보니 낯선 어른들이 서 있었다. 녹색 눈의 중년 부인이 선영에게 다가와 뭐라고 말했다. 걱정이 가득 담긴 얼굴이었다. 그녀는 비틀거리며 일어서려는 선영을 잡아 주었다. 팔에 느껴지는 온기, 선영은 자기도 모르게 아주머니 품에 안겼다. 다시 눈물이 쏟아졌다. 그녀는 주문 같은 말을 웅얼거리며 선영의 등을 가만히 토닥였다.

크라쿠프로 돌아오는 기차는 복잡했다. 비좁게 앉거나 선 젊은이들, 그들끼리 시끄럽게 나누는 대화가 선영을 고립시켰다. 이방의 언어를 듣고 있자니 녹색 눈 아주머니가 떠올랐다. 그녀의 중얼거림과 고요한 토닥임……. 그래, 생각이 문제야. 울고 있는 이방인을 안아 주는 사람들이 사는 나라잖아. 선영은 용기를 내어 눈길이 마주친 사람에게 살짝 미소를 지어 봤다. 되돌아오는 건 함박웃음. 밖은 점점 어둠이 짙어졌지만 마음은 갈 때보다 한결 편해졌다.

인파가 몰리는 곳, 사람들을 따라 중앙역에 내렸다. 방향을 몰라 두리번거리고 있는데 귀에 익은 목소리가 들렸다. 한국어, 그

것도 야! 강선영……. 환청인가 싶으면서도 선영은 몸을 돌렸다. 저만치에 찬과 정은, 강마마가 서 있었다. 대번에 눈시울이 뜨거워졌다. 선영은 자석에 이끌리듯 달려가 정은과 찬을 안았다. 그들이 어색해하든 말든 상관없었다. 오늘은 동주가 죽고 난 후 처음 울어 본 날이고, 엄마 아닌 사람에게 처음 안겨 본 날이니까.

"망할 기집애, 사람을 그렇게 걱정시키다니. 정은아, 찬아, 너희도 말 좀 해 봐. 우리가 얼마나 찾으러 다녔는지 말이야. 바벨 성다 뒤졌지, 까지미에슈까지 갔잖아. 영화 속으로 사라졌나 했다. 그런데 오시비엥침이라니, 거기가 어디라고……."

직물 회관 건너편의 레스토랑에서 강마마가 말했다. 모처럼 푸짐한 저녁에다가 맥주까지 마시고 난 뒤라 분위기가 많이 누그러져 있었다. 킬킬거리던 찬이 강마마의 말을 잘랐다.

"강마마, 그동안 우리말 못해서 어떻게 사셨어요? 끝이 없어요. 그래도 선영이 때문에 외식도 하고 좋은데요. 오늘 저녁 당번이 전데."

"내일로 넘겨야지."

정은이 당연하다는 듯이 말하자 찬이 발끈했다. 하지만 아침과는 조금 다른 색깔의 장난이었다. 즐거운 실랑이가 수그러들자 선영이 말했다.

"강마마 때문이에요. 힘들 때마다 오시비엥침에 가서 힘을 얻는다 하셨잖아요."

"응? 내가? 음…… . 나야 여기 살고 또 애인이 있으니까, 너하곤 경우가 다르지."

애인이라는 말에 선영과 정은, 찬이 눈을 크게 뜨고 서로를 바라보았다. 그러면 그렇지, 이유 없이 이 낯선 곳에 살 리 없지. 저마다 질문이 쏟아졌다. 빙글거리며 아우성을 지켜보던 강마마가 한참 만에 입을 열었다.

"프리모 레비. 처음 들어 보는 이름인가? 이탈리아 유대인이야. 날 죽음에서 구해 줬지."

"우와, 멋지다. 잘생기셨어요? 대화는 뭐로 하세요?"

"만난 적 없어. 그분은 날 알지도 못해. 이미 돌아가셨으니까."

뭐야? 국경을 뛰어넘는 러브 스토리를 기대했던 선영은 맥이 탁 풀렸다. 그래도 비난이나 웃음은 나오지 않았다. 진심이 느껴졌기 때문이다. 정은과 찬도 심각해져선 아무 말 없었다. 그사이 강마마가 가방에서 책을 한 권 꺼냈다. 프리모 레비, 그러니까 강마마의 애인이 쓴 책이었다.

"《이것이 인간인가》?"

"그래, 아우슈비츠 수용소에서 살아남은 체험을 쓴 책이야. 내가 교만해질 때마다 세상이 싫어질 때마다 선생이 되어 주지. 옜다, 선영이에게 줄게. 장소를 공유하는 기념으로 주는 선물!"

선영은 강마마의 말이 이해될 듯 말 듯했다. 열네 살 헝가리 소녀가 떠올랐다. 동주의 얼굴도 오버랩되었다. 뭔가 정리되는 듯 하면서도 말로 표현되진 않았다. 몽글몽글한 덩어리로 마음속을 떠돌고 있을 뿐이었다. 아직 시간이 더 필요할지 모르겠다. 기다리는 수밖에 없겠지. 선영은 가슴에 손을 얹고 천천히 심호흡을 했다.

집으로 돌아오자 강마마는 하품을 하며 방으로 들어갔다. 정은이 카페 벽을 더듬어 스위치를 눌렀다. 테이블 하나를 중심으로 둥그런 불빛이 내려앉았다. 선영과 찬이 정은의 눈짓에 따라 그쪽으로 옮겼다. 주방에서 한동안 바스락거리던 정은이 뜨거운 차를 날랐다. 어색하게 있던 선영이 두 손으로 컵을 감쌌다. 오늘, 미안했어. 미안해……. 정은이 말했다. 선영이 정색하며 손사래를 쳤다. 자신이야말로 오후 내내 강마마와 친구들을 걱정시킨 장본인이지 않은가.

친구들의 반응에 표정이 밝아진 정은이 말을 쏟아 냈다. 그렇게 안 봤는데 대단하다, 혼자 무섭지 않았느냐, 왜 하필 그곳에……. 바람이 지나가는지 출입문이 조금씩 삐걱거렸다. 연한 불빛을 받은 정은과 찬의 얼굴이 포토샵이라도 한 것처럼 뽀얗게 보였다. 찻잔이 전하는 온기에 마음까지 따스해진 선영은 알지 못하는 기운에 홀리듯 입을 열었다. 생각만으로도 아팠던 기억인데 신기하게도 부드럽게 흘러나왔다. 빤히 쳐다보거나 고개를 끄덕이던 정은이 왈칵 눈물을 쏟았다. 동주가 죽었다는 말에서였다. 선영과 찬이 당황하자 스스로 학교를 그만둔 이야기를 했다. 선영은 고개를 주억거리며 정은을, 불빛을, 어두운 밖을 번갈아 바라보았다. 정은이 동주와 많이 닮았음을 새삼스럽게 느꼈다.

정은이 말을 마치자 주위가 고요해졌다. 선영은 정은과 찬이 비치는 창을 우두커니 쳐다보았다. 울컥하는 마음 사이로 낮은 휘파람 소리가 파고들었다. 찬이었다. 서투르게 반복되는 곡조였고 자주 끊겼지만 아무도 토를 달지 않았다. 일어설까 하는 순간에, 어떤 어른은 말이지, 하면서 찬이 말했다. 부모 이야기를 저렇게 할 수 있나 싶을 정도로 툭툭 가볍게 내던지는 말투였다. 선영과 정은은 숨을 죽인 채 찬을 응시했다. 아프고 괴로운 이야기, 시간이 아니라면 용해될 수 없는 이야기들이 흘렀다. 정은이 더듬더듬 선영의 손을 잡았다. 눈물을 들킬세라 얼굴을 돌리던 선영은 잡힌 손에 힘을 주었다.

늦잠에서 깨어난 다음 날은 모처럼 맑았다. 선영과 정은은 눈이 부었다고 퉁퉁대며 카페 외벽 앞에 섰다. 강마마까지 하나가 되어 그림의 크기와 내용을 이야기했다. 하루가 지난다고 크게

110

변할 게 있겠냐만 정은은 말을 아꼈고, 선영과 찬은 정은의 마음을 살폈다. 벽은 크랙 하나 없이 깨끗한 데다가 잘 말라 있었다. 바탕칠이 잘 먹힐 것 같았다. 화이트 수성 페인트에 색료 잉크를 다양하게 섞어 가며 시험한 끝에 마음에 드는 색이 나왔다. 갈색보다는 아주 연하게, 아이보리보다는 조금 진한 수준에서 결정되었다. 모두가 동의하는 색이 나올 때까지 찬이 색료를 조금씩 붓고 선영이 페인트를 저었다.

바탕칠을 맡은 선영이 사다리에 올랐다. 자세가 불안하긴 했지만 페인트를 잔뜩 묻힌 롤러를 왼쪽 벽 상단에 대고 아래로 쭉 밀었다. 찬 공기를 들이마신 것처럼 속이 시원했다. 정은이 가끔씩 나와 디카를 들이대었다. 선영과 찬은 의미심장한 미소를 교환했다. 도안을 확정지은 정은과 강마마가 합류하자 일에 속도가 붙었다. 앞치마를 했다고 하나 모두 페인트를 뒤집어쓴 형색이라 서로 쳐다보며 웃기 바빴다.

"아이고, 모두들 수고했다. 색이 잘 먹었어. 오늘 작업은 여기서 끝내자. 찬이 저녁 당번이지? 시장 가야 하는데 어떡하지? 내가 약속이 있어. 선영이가 길을 아니까 이번엔 너희끼리 다녀올래?"

역시 강마마다. 하고 싶은 말을 한꺼번에 쏟아 냈다. 하지만 이제는 적응해 적절하게 끼어들 줄도 알게 되었다. 정은이 말했다.

"저는 '담비' 보려고 마음먹고 있었는데요. 다빈치의 기를 받아 강 카페에 불후의 명작을 남기려고요. 흐흐, 농담이고 자꾸 그 그림이 눈앞에 아른거려요."

바벨 성 안, 차리토리스키흐 박물관에 있는 '담비를 안고 있는 여인'을 두고 하는 말이었다. 평소 같으면 또 잘난 척한다 싶었겠지만 정은이 말을 들은 다음이라 이해되었다. 나대로 무엇이든 열심히 했어. 내가 속한 모둠은 항상 칭찬받고 점수도 잘 받았어……. 그런데 왕따더라.

"그래? 명작을 보겠다는데 말릴 수 없지. 시장은……."

"길을 물어서라도 다녀올게요. 제가 이래 봬도 한 솜씨 한답니다. 너희, 머수리에서 먹었던 볶음밥과 누룽지탕 기억하지?"

"아, 맞다. 찬이 얘 꿈이 요리사예요. 아빠에게 박살이 났지만요."

강마마와 정은은 비스와 강 쪽으로 가고 선영과 찬은 카지미에슈로 방향을 틀었다. 그런데 쉽게 찾을 수 있을 줄 알았던 시장이 아무리 걸어도 보이지 않았다. 강마마와 갈 때 제대로 길을 봐 두지 않은 탓이다. 미안해하는 선영을 대신하여 찬이 현지인에게 다가갔다. 여러 번 실패한 끝에 영어를 할 줄 아는 사람을 만날 수 있었다. 모퉁이를 돌아 저 멀리 크고 붉은 꽃들을 본 선영이 찬에게 바로 저기라고 소리쳤다.

'안녕하세요, 고맙습니다.'라는 단어밖에 몰랐지만 손짓으로 선택하고 돈을 내보이며 먹거리를 샀다. 그럴 때마다 선영과 찬은 도브리 비에츠주르, 지엥쿠예르를 빠뜨리지 않았다. 상인들은 활짝 웃으며 답해 주었다. 그럼 수까지 따져 가며 파는 걸로 봐서 속임수를 쓰는 것 같지도 않았다.

"돈 남았어?"

다 샀다며 돌아가자는 찬에게 선영이 말했다.

"먹고 싶은 거 있어? 진작 이야기하지. 요거밖에 없는데."

찬이 손바닥에 남은 돈을 올렸다. 선영은 찬을 끌고 꽃 가게로 갔다. 겨우 두 송이밖에 살 수 없었지만 만족했다.

"유대인 묘지에 가려는 거야? 입구에 있던 위령비 같은 탑 맞지? 홀로코스트에 희생된 사람들 추모한다는……."

"가는 길이니 잠시 들러 줄 수 있지? 헝가리 소녀에게 주고 싶었는데 오시비엥침에는 꽃 파는 데가 없더라."

"헝가리 소녀? 헝가리 소녀라……."

혼자 중얼거리던 찬이 고개를 주억거렸다. 뒤따르던 선영은 다시 울컥 눈물이 솟구쳤다. 에이, 이게 뭐람, 스타일 구기게……. 얼른 눈물을 닦고 표정을 바꾸려고 했으나 찬에게 들키고 말았다.

"근데 뭐야, 너 지금 우는 거야? 몇 년 만에 처음 운다더니 아직도 계속? 근데 우니까 표정이 살아난다. 색깔이 보인다고. 너, 그동안 무색무취였거든……."

무슨 말을 덧붙이려다 말고 찬이 저만치 비켜섰다. 적당히 모른 척하기 혹은 은근히 배려하기에 알맞은 거리였다.

이윽고 눈물을 추스른 선영의 눈에 찬이 들어왔다. 아버지와의 갈등으로 손목까지 그었다는 애답지 않게 표정이 맑았다. 찬의 상처도 조금씩 아물고 있는 것일까? 선영은 걸음을 떼어 찬과 나란히 섰다. 갈까? 찬이 반기며 말했다. 선영이 고개를 끄덕이자 찬이 가슴을 펴며 팔짱을 내밀었다. 어색함을 없애기 위한 몸짓이었다. 선영은 웃으며 팔을 꼈다가 이내 뺐다.

벽화는 계획대로 착착 진행되었다. 밑그림은 한 사람이 맡는 게 좋을 듯싶어 정은이 혼자 그렸다. 선영과 찬은 밑그림을 그리는 정은을 디카에 담아 주었다. 입시를 위한 도구라는 건 여전히 달갑지 않지만 친구니까 마음을 낼 수 있었다.

그림이 끝나자 색칠할 구역을 대략 나누었다. 그래도 원안은 사람 수만큼 뽑아서 각자 볼 수 있게 했다. 선영은 강 카페라는 글자를 맡았다. 한글, 영문, 폴란드 문자가 아래위로 보기 좋게 늘어섰다. 선영은 숱이 적은 브러시로 조심스럽게 색칠했다. 연필 자국 나면 안 돼. 밑그림을 잡아먹으면서 색칠해. 정은이 디카를 누르며 소리쳤다. 알았어, 잔소리쟁이야. 오른쪽에서 나무 밑동을 색칠하고 있는 강마마가 대답했다.

어두워지기 전에 초벌 색칠을 끝내려고 점심도 굶어 가며 열심히 매달렸다. 팔과 허리가 끊어질 듯 아픈 줄도 모르고 쉬지 않고 브러시를 움직였다. 뭔가에 몰두한다는 것, 시간 가는 줄 모르게 매달린다는 것, 무엇인가 만들고 있다는 것……. 얼마 만인지, 과연 자신에게 이런 시간이 있기나 했던 것인지, 선영은 배꼽 주위를 가득 채우는 뿌듯한 기운을 느꼈다.

1단계 완성. 도구를 놓고 뻐근한 어깨를 돌렸다. 자신의 붓질이 섞인 벽화를 느긋하게 감상할 차례다. 그런데 그사이를 참지 못하고 정은이 모두를 불러 모았다.

"자, 모여 보세요. 이제 나무의 열매만 남았어요. 나무의 열매는 한글, 아시죠? 밑그림 그릴 때 일부러 넣지 않았어요. 각자 좋아하는 단어가 있을 거 같아서요. 자, 가지마다 열매 윤곽을 잡아 놓은 것 보이시죠? 음, 저는 일단 저 동그란 열매 속에 '얄리얄리얄라셩'을 넣을 거예요. 시계 방향으로 둥글게 말아 넣는 거죠."

"그게 뭔 말이야?"

"아이고, 이 무식한 친구야. 이렇게 예쁜 말도 몰라? 〈청산별곡〉 후렴, 1학년 때 배운 건데."

찬이 고등학교 문턱도 못 밟아 봤다고 응수하자 정은이 그러시냐고 맞장구쳤다. 강마마는 벌써 열매 속에 글자를 써 넣기 시작했다. '뿌리 깊은 나무, 샘이 깊은 물'을 열매 모양대로 기다랗게 넣을 거라고 했다. 《용비어천가》에서 따온 구절이란 건 선영도 알았다.

다른 사람이 쓰는 것만 구경하다가 선영도 붓을 들었다. 이런 기회가 오다니, 아이디어 뱅크 정은이 다르게 보였다. 선영은 정은과 나란히 서서 '하늘을 우러러'를 조심스럽게 적어 나갔다.

"오호, 〈서시〉로구먼. 이건 나도 안다."

찬이 말했다. 그러더니 크기를 달리해 가며 아래로 늘어진 열매를 잡아 '한 점 부끄러움이 없기를'을 채웠다. 바통을 이어받듯 선영은 '오늘 밤에도'와 '별이 바람에 스치운다'를 써 넣었다. 첫 글자 '오'는 특히 크게, 색깔도 진하게 먹였다. 그런 다음 선영은 한 걸음 물러나 심호흡을 했다. 정은이 '얄라리얄라'를 새겨 넣고 저만치에서 찬이 '싸이, 강남 스타일'을 적어 나가는 걸 물끄러미 바라보다가 빈 가지 중간에 '동주'를 붉은 꽃처럼 그려 넣었다. 손이 떨리고 숨이 가빴다.

"성씨는 빼먹는 거야?"

옆에서 정은이 말했다.

"윤동주 모르는 사람이 어딨어? 그냥 이렇게 할래."

선영은 속마음을 들킬세라 퉁명스럽게 대답했다. 선영은 자신만의 방식으로 오동주를 벽에 남긴 것이 만족스러웠다. 긴 애도의 끝, 자신도 모르게 눈물이 흘렀다. 선영은 친구들이 볼세라 서둘러 눈물을 훔쳐 냈다. 고개를 돌리다가 저만치 있는 강마마와 눈이 마주쳤다. 선영은 씩 웃어 보였다. 강마마를 닮은 쑤진 샘, 아니, 엄마가 보고 싶었다.

5
풍경과 바람

매운바람이 불어 흙먼지를 일으켰다. 잠시 공중으로 솟구치던 플라타너스 잎이 발에 채였다. 냅다 차 보지만 볼품없이 말라 버린 잎은 몇 센티미터도 나가지 못했다. 에잇, 선영이 다시 시도했지만 이번엔 헛발질이다. 애먼 데 웬 화풀이냐고 낙엽마저 비웃는 것 같았다. 뒷골을 타고 열이 뻗쳤다. 선영은 두 손으로 머리를 감싸며 걸음을 멈추었다. 군데군데 수피가 벗겨진 플라타너스도 마음에 들지 않았다. 얼룩덜룩한 꼴이라니, 화가 치솟은 선영은 발부리로 나무 밑동을 거듭 찼다. 저만치 앞서 걸어가는 정은과 민혜의 어깨도 무거워 보였다.

지난 100여 일 동안 인도, 티베트, 동유럽 어디서든 환대를 받왔다. 여행학교 6기생은 젊은, 혹은 어린 여행자로 족했다. 현지인들과 함께 웃고 먹고 놀았으며, 깊숙한 거처까지 기꺼이 내주는 친절에 노래와 춤으로 답하기도 했다. 그런데 돌아와 보니 사람들의 질문은 하나도 바뀐 게 없었다. 어느 학교 몇 학년이냐고 묻고 학교에 안 다닌다고 하면, 그때부터 무시하거나 경계했고 나아가 훈계하려 들었다. 학생이 아닌 게 아니라 인생의 실패자나 준범죄자로 되어 버린다.

좀 전에 만났던 양육원 원장도 마찬가지였다. 칙칙한 시멘트 담벼락을 화사하게 꾸며 주겠다는데 신상 털기에만 집중했다. 정은이 내놓은 강마마의 게스트하우스 사진은 아예 볼 생각도 않고 멀쩡한 학교를 그만두다니 앞으로 어떻게 살려고 그러냐고, 인생을 좌우할 이 귀한 십 대에 한가로이 여행을 다니냐고 혀를 찼다. 쭈뼛쭈뼛 서려는 머리카락 수만큼 할 말은 많으나 원죄 아닌 원죄로 참고 또 참았다. 하지만 자식이 하자는 대로 끌려가는 부모도 문제라고 말할 때는 미간에 주름이 확 잡혔다. 똑같은 심정이었는지 정은이 먼저 나서서 조목조목 따져 들었다. 결국 원장은 건방이 머리끝까지 차오른 문제아들이라면서 출입구를 가리켰다. 쫓기듯 빠져나오며 선영은 요한이 있었으면 했다. 욕하고 주먹감자라도 날리면, 학교 그만둔 애들이니 그 모양이라는 말을 들어도 덜 억울할 듯했다.

이번 여행학교의 졸업 발표회는 앞 기수와 달리 행사 전체를 6 기생이 준비해야 한다. 인도 머수리 공연 때부터 쑤진샘이 말을 조금씩 흘리긴 했지만 '하고 싶다'가 '해야 한다'로 바뀔 줄은 몰랐다. 머수리 주민들에게 어설프나마 우리 노래와 춤을 보여 주고 그곳 애들과 밤새도록 즐겁고 충만했던 그때, 쑤진샘의 머리에선 새로운 아이디어가 생겼나 보았다. 여행학교 교장과 여러 번 통화를 하더니 '나눔'이라는 주제만 던지고 손을 털었다. 홍보와 일정은 물론 예산까지 알아서 하라고 하니 처음엔 너도나도 반발했다. 폴란드 크라쿠프에서 일주일을 보내고 독일 프랑크푸르트에서 합류한 선영도 안 될 말이라고 정색했지만, 애들은 쑤진샘의 감언이설에 이미 반쯤 넘어간 상황이었다. 새로운 일이라면 일단 덤벼들고 보는 정은은 합류 자체로 추진력이 되었다. 다행히 귀국 전에 대략의 얼개를 잡을 수 있었다.

발표일은 준비 기간을 고려하여 12월 31일로 정했다. 그동안 공간적인 경계인 국경을 많이 넘어 봤으니 이번에는 해가 바뀌는 시간적인 경계도 기념해 보자는, 나름 거창한 뜻이 있지만 사실은 시후샘 입대 이전으로 잡으려니 그날이 가장 적절했다. 그동안 찍은 사진을 전시하고 동영상을 편집해 내레이션을 넣어 다큐 영화처럼 만드는 건 5기 행사를 그대로 잇기로 했다. 그에 덧붙여 옷과 학용품 수집하기, 불우 시설 벽화 작업과 그곳 아이들과 함께하는 공연이 정해졌다. 가슴이 뜨거워졌던 여행지 경험에서 나온 안건들이었다. 특히 옷과 학용품은 머수리와 마날리의 어린 친구들에게 보내기로 약속한 일이었는데, 좀 더 실질적인 도움을 주기 위한 바자회도 생각해 보기로 했다. 장소와 단체 섭외, 홍보와 식사 대접……. 이야기를 나눌수록 예상 문제도 함께 나왔지만 그래도 즐겁고 행복했다. 귀국 후 처음 하는 일부터 이렇게 꼬일 줄 몰랐으니까.

여행학교 복도 소파에 앉자마자 선영은 습관처럼 스마트폰을 열었다. 머릿속에서 자동적으로 크라쿠프 현지 시간이 계산되었다. 카톡 창을 여니 시간대를 달리하여 찬이 보낸 글이 있었다.

- 간밤 무임금 노동에 시달리다 녹초. 이제 일어남.
- 오늘부터 현지인 쉐프에게 배우기로. 강마마 덕분. 하지만 나는 여전히 얼떨떨.
- 바쁜가 보다. 발표회 준비는 잘되고 있는지?

선영의 입가에 소리 없는 웃음이 걸렸다. 무덤덤한 문장 사이로 크라쿠프에 남은 찬이 그려졌다. 내용상 잠이 덜 깬 얼굴이나 기뻐하고 궁금해하는 표정이 떠올라야 하는데 어색하게 웃던 모습만 클로즈업되었다. 크라쿠프를 떠나기 전날 잠깐 보자더니 찬이 느닷없이 풍경을 내밀었다. 선영이 이걸 왜 주느냐고 물어도 아무 대꾸 없이 웃기만 했는데 이후 자꾸 그 모습만 떠올랐다. 선영은 답글을 올린 뒤 카톡 창을 닫았다.

고리 아래의 줄은 사슬 모양, 줄에 달린 종은 팔각형 각 면에 나선형 무늬가 새겨져 있다. 바람이 불면 맨 아래쪽에 매달린 붕어 모양 쇳조각이 흔들리며 소리를 낸다. 주로 절이나 누각 처마 끝에 달지만 선영은 베란다 빨래 건조대 위에 풍경을 걸어 놓았다. 바깥 창과 방 창문을 여니까 예상대로 맑고 깊은 소리가 들렸다. 추워서 얼마 뒤 창을 닫고 말았지만 따뜻한 봄이 오면 종일 들을 수 있을 것 같았다.

누군가 부르는 소리에 선영은 눈을 떴다. 시차 적응이 안 된 데다 성과 없이 짜증스럽기 만한 외출이었으니 잠이 먼저 찾아들었던 모양이다. 검정색 코트를 입은 우아한 여자가 선영을 내려다보고 있었다. 아직도 어리벙벙한 선영은 게슴츠레 눈을 뜨며 일어났다.

"학생, 미안해요. 교무실이 비어 있어서 어디에 물어야 할지……. 가만, 선영이?"

자신의 이름이 고상한 목소리를 타고 나오자 선영은 흠칫 놀라며 뒤로 살짝 물러섰다

"폴란드에서 같이 벽화 그린 친구 맞지? 사진하고 똑같이 생겼구나. 아 참, 나는 최정은 엄마."

"아아, 예."

선영은 새삼스럽게 감탄하며 고개를 깊숙이 숙였다.

"우리 정은이와 잘 지내 줘서 고마워. 민수진 선생님 어디 계시지? 아, 혹시 김시후라는……"

"시후샘요? 함께 회의실……. 어? 저기……."

선영은 저만치 세미나실 문을 열고 나오는 쑤진샘을 가리켰다. 약속이 되어 있었는지 쑤진샘이 손목시계를 쳐다보며 부리나케 뛰어왔다. 뒤따라오던 시후샘이 교무실 쪽을 가리키며 누구시냐고 물었다. 정은이 엄마라고 하자 눈을 둥그렇게 뜨는데 놀라는 기색이 역력했다. 시후샘도 찾더라는 말을 하려다 말고 선영은 입을 닫았다. 뭔가 느낌이 좋지 않았다. 선영아, 빨리 와, 회의 시작할 거야. 마침 세미나실 문고리를 잡은 채 민혜가 소리쳤다. 선영은 그 말을 좇아 얼른 자리를 벗어났다.

정은이 양편으로 기획팀 친구들이 모두 모였다. 겨우 이틀 전에 헤어졌을 뿐인데 모두 반가운 얼굴들이었다. 한참 이어진 수다를 끊고 정은이 차분하게 말문을 열었다. 예전 같으면 짜증부터 냈을 텐데 꽤 오래 참아 준 셈이었다. 다른 애들도 그걸 아니까 금방 분위기가 잡혔다. 정은은 진행 과정부터 체크했다.

"다큐 영화는, 이러니까 뭔가 거창해 보이네. 부산 팀이 며칠 합숙을 해서라도 만들어 오겠다니 기대해도 좋을 거 같아. 내레이션 대본은 우리가 썼던 글을 짜깁기할 거라고 전해 달라더라."

"선영 언니 글만 선택하는 건 아니겠지."

"걔들 연애한다고 제대로 하겠어?"

"예술은 다 연애에서 나오는 거야. 믿어 보자고."

여기저기서 말이 쏟아지자 정은이 탁자를 두드리며 흐트러진 분위기를 모았다.

"사진 팀은 고민이 많나 봐. 우리가 액자를 쓰지 말자 했고 비닐 코팅도 친환경은 아니니까. 그렇다고 그냥 늘어놓을 수도 없고 앨범을 만들려니 한눈에 들어오지 않고……. 그래도 기다리면 될 거야. 전시는 물론 머수리에 보내기도 좋은 어떤 형태가 나오겠지. 문제는 단체 섭외야. 그게 되어야 장소며 행사 내용이 나오는데 오늘 완전 까였다. 팸플릿도 스톱이고……."

선영도 한숨이 저절로 흘렀다. 요한이 무슨 일 있었느냐고 물었지만 양육원 원장 이야기는 입에 담기도 싫었다. 정은이 계속해서 말을 이었다.

"그런데 쑤진샘은 우리가 잘못했다더라. 좀 전에 말씀드렸거든. 모든 일, 특히 단체 일에는 문서로 주고받는 절차라는 게 중요하대. 선의로 하는 일도 밟아야 할 순서가 있다고 말이야. 무작정 찾아가서 이러이러한 일을 하겠다고 해서 단체가 움직이는 게 아니라는 거지. 양육원이든 다른 곳이든 여행학교 이름으로 공문부터 내야 한대."

"시간이 없잖아. 당장 보름 뒤에 발표회인데."

"벽화 그리는 건 뺄까? 나중에 다른 기회에 하고."

애들이 한마디씩 했다. 행사를 축소하자는 말에 찬성표가 여럿 실리자 선영이 황급히 나섰다.

"아, 안 돼. 벽화는 이번 행사의 핵심이야. 우리가 그나마 부모님 덕에 여행이라도 다닐 수 있는, 어떻게 보면 특혜 받은 애들이라는 거, 모두 공감했잖아. 고맙고 미안한 마음도 공유했고. 우리도 조금은 나누어야지. 한 번에 그쳐서도 안 되고. 음……. 너희 풍경 알아? 절이나 누각 처마에 달아 두는 거. 풍경은 바람이 불어야 좋은 소리를 내. 어, 그러니까 부모라는 바람으로 우리가 소리를 낼 수 있듯이 이제는, 어, 우리도 누군가의 바람, 그래, 바람이 되어야하지 않을까……."

선영은 말을 마무리 짓지도 못하고 한숨을 쉬었다. 스스로 생각조차 못했던 게 말이 되어 나올 줄이야. 아무래도 풍경에 너무 빠져 있었던 게 틀림없다. 그러니 이따위 궤변이나 늘어놓지. 선영은 제 관자놀이를 치며 인상을 찌푸렸다. 괜스레 찬이 원망스럽기도 했다.

"씨바, 말 잘한다. 강선영 누나 맞아?"

요한이 말하고 민혜가 받았다.

"그래. 비유가 좋다. '풍경과 바람', 이거 우리 팸플릿 제목으로 하는 게 어때? 좋다. 봐아, 해석도 다르게 할 수 있어. 선영이는 절 처마에 달린 풍경을 말했지만 우리가 보아 온 수많은 풍경을 상상할 수도 있잖아. 바람도 그래. 위시, 즉, 우리가 바라는 그 모든 것을 말하는 거지. 좋지 않아? 응? 어때?"

"아이고, 또 발동 걸렸다. 눈앞으로 팸플릿 1면이 휘휘 지나가지? 네 말을 누가 꺾냐."

"나는 좋은데."

"말이 그렇지 나도 싫다는 건 아니야. 찬성!"

쥐구멍이라도 찾아야 할 것 같던 선영은 뜻밖의 반응에 얼굴이 화끈거렸다. 잠시 뒤 정은이 정리 발언을 했다.

"모두 찬성하니 그렇게 하자. '풍경과 바람'이라, 멋지다. 어느 쪽이든 해석도 좋고. 일단 회의는 여기서 마칠게. 바자회 팀, 식사 팀 각자 예산 뽑아 보고 단체 섭외는 좀 더 궁리하자."

역시 정은이다. 사회자로서 개입하는 타이밍이 좋고 갈무리하는 능력도 대단하다. 게다가 차분한 말솜씨까지. 대학 입학 사정관이 좋아할 만한 공식적인 직함이 없는 게 아쉬울 뿐이다. 팸플릿 구성에 필요한 메모를 하며 선영은 대학을 꿈꾸는 정은을 제대로 그려 내야겠다고 생각했다. 친구로서 그녀의 대입용 포토폴리오에 보탬이 되면 좋겠다 싶다.

정은의 말을 들으니 스펙 전쟁은 정규 학교 밖에서도 굉장했다. 1인 창업자에 개인 블로그 운영, 연구 논문에 책 출판까지, 하도 다양해서 대안학교 정도는 요즘 명함도 못 내민다고 했다. 그래도 선영은 대학 입학이라는 목표를 정해 착실히 준비해 나가고 있는 정은이 부러웠다. 맹학교로 가겠다는 민혜의 선택이야 어쩔 수 없다지만 자퇴한 학교로 돌아가 다시 시작하겠다는 요한도 마찬가지였다. 그에 비하면 선영은 아직 뚜렷한 계획이 없다. 내일을 생각하면 답답하지만 눈앞에 어떤 길이 있는지, 어떤 길을 걸어야 할지는 여전히 모르겠다.

밑그림은 다르지만 찬의 고민도 비슷했다. 그도 목표가 있어 강마마네 게스트하우스에 남는 건 아니라고 했다. 어릴 때 꿈이 요리사이긴 했지만 정말 하고 싶었던 일인지 아버지에 대한 반발 때문인지 지금은 모호하다고, 머물면서 그 점부터 생각해 보겠다고 했다. 찬의 목소리는 밝고 편안해 보였다. 하긴 그 부모님이 아들을 보기 위해 크라쿠프까지 날아왔으니 그것만으로도 갈등의 골은 반 이상 메워졌을 것이다. 보잘것없다고 여겼던 자신이라는 존재를 아버지로부터 인정받은 찬에게는 이제 스스로 길을 선택하고 책임지는 일만 남았다. 떠나 버린 동주에 대한 집착을 조금이나마 벗은 선영도 그와 비슷한 지점에 서 있었다.

전화상으로 들은 대로 버스에서 내리니 커피 전문점, 마루카페가 보였다. 정샘을 기다리는 동안 선영은 가게 안을 구경했다. 아프리카 오지 풍경과 커피 농장에서 일하는 사람들을 찍은 사진이 전시되어 있었고, 한 면에는 공정무역 소개 글을 걸어 두었다. 수익의 일부가 현지에 그대로 전해지니 여기서 커피를 마시는 것도 공정무역에 참여하는 방법 중 하나라고 했다. 공정무역이나 착한 소비라는 말은 처음 들어 보지만 선영이 만났던 인도와 티베트를 생각하니 조금은 고개가 끄덕여졌다.

"우와, 강선영. 숙녀가 다 됐구나. 키도 크고 예뻐졌는걸."

정샘이 들어서면서 너스레부터 떨었다. 카운터에 앉아 뜨개질을 하던 주인이 고개를 들어 정샘을 반겼다. 거의 2년 만인가? 앞에 앉는 정샘은 기억 속의 얼굴보다 늙어 보였다. 그래도 선영은 하나도 안 변하셨다며 덩달아 호들갑스럽게 말했다. 거짓말이라도 듣기 좋다며 정샘이 웃는데 어느 순간 엄마 얼굴과 겹쳐졌다. 시간을 비껴가는 사람은 아무도 없다 싶으니 마음이 허전하고 쓸쓸했다.

시은이 안부를 간단히 전한 정샘은 아들에게 대충 들었다면서 본론으로 들어가자고 했다. 외모와 달리 간결, 정확한 성격은 변하지 않았다. 선영은 벽화 그리기를 할 단체와 함께 공연할 친구들을 찾는다고 설명했다.

"시후 놈이 내 절친들을 유심히 보고 있었나 봐. 허, 내 아들이지만 제법이야. 그런 일 중매라면 내가 잘할 수 있지. 가만있어봐라. 음, 그래. 산내면 산내초등학교라고 들어 봤어? 거기 교감이 내 친구라 몇 번 가 봤는데 벽이고 건물이고 영 낡았더라. 폐교하니 마니 하면서 교육청에서 예산을 안 준다 하더라고. 그곳이라면 딱인데……. 이럴 게 아니라 전화부터 해 보자."

감사의 눈빛을 보내며 선영은 숨을 죽였다. 다행히 전화 연결이 되었고, 정샘이 한참 동안 통화를 했다. 선생님이라 그런지, 선영이 미처 설명하지 못한 부분도 언급되었다. 정샘의 웃음과 반색이 이어지자 선영의 가슴도 두근거렸다. 10여 분이 더 지나서야 정샘이 통화를 끝냈다. 선영은 조마조마한 마음으로 정샘을 바라보았다.

"아주 잘됐어. 기대 이상이야. 그 동네가 시골이고 집값이 싸니까 다문화 가정이 많대. 자연히 다문화 학생 비율도 높겠지. 학교 머지않은 곳에 다문화 센터도 있다 하고. 그쪽하고도 연결될 수 있을 거 같아. 너희가 하려는 일을 설명했더니 오히려 내 친구가 더 좋아해. 내일 당장 방문해 달래."

선영은 가슴 앞으로 두 손을 모으며 고맙다는 인사를 거듭

했다.

"여행학교에 연락해서 그 학교로 공문부터 보내라고 해. 시간이 너무 늦었나?"

"아니요. 쑤진샘, 아, 버릇이 되어서, 엄마가 계세요."

"허어, 시후처럼 너도 쑤진샘이야? 다른 애들은 모르는 거니? 알면 놀라겠다."

"굳이 속이려는 건 아닌데 졸업 발표회 때까지는 이대로 갈 거 같아요."

"그래. 살아 보니 사람이 재산이더라. 좋은 친구들, 오해 없도록 잘해. 시후에게 얘기 들었는데 너희 참 대단하다 싶어. 그 에너지가 부럽기도 하고. 시후도 값진 경험 했다고 하고. 발표회에 나도 초대해 주는 거지?"

"아, 예. 그럼요."

"그래, 기대할게. 그리고 선영아, 시후 말이다. 군대를 감안하더라도 좀 수상해. 아무래도 여자 친구가 있는 것 같은데 혹시 너희 둘……."

선영은 화들짝 놀라며 손사래부터 쳤다. 예전 선영의 짝사랑을 알고 있었나 보았다. 에고, 엄마나 정샘이나 어른들이란 정말.

"저, 저는 아니고요, 그게……. 저도 잘 몰라요."

"좋은 일이 있긴 하구나. 자식, 입대 앞두고 맘이 복잡하겠네.

바쁠 텐데 그만 일어날까?"

아닌 게 아니라 선영은 민혜와 정은에게 얼른 소식을 전하고 싶었다. 일을 성사시키려면 학교 방문 계획도 제대로 짜야 했다. 하지만 정샘에게 꼭 하고 싶은 이야기가 남아 있었다. 선영은 정샘이 일어서기 전에 얼른 입을 열었다.

"저기, 선생님 학교에 다니는 이정해라는 학생……, 아세요?"

"어? 네가 우리 정해를 어떻게?"

정샘의 얼굴이 환하게 퍼졌다. 게다가 우리 정해라니.

"지금도 가깝다고 생각은 하고 있지만, 중학교 때 친구예요."

"우리 학교 에이스야. 공무원 반에서 열공하고 있지. 머리도 좋고 욕심도 있어 나중에 뭐가 되도 될 거야."

"옛날에는 안 그랬는데……."

"정해도 그러더라. 부모님 잃고 오랫동안 많이 꼬여 있었다고. 요즘은 할머니하고도 꽤 좋아졌어."

"그런 얘기까지 해요?"

"그럼 내가 지 사부인데. 많이 극복했다는 뜻이겠지. 요샌 표정도 얼마나 좋은지 몰라. 마인드가 긍정적이니 기회가 절로 찾아오더라. 내년에 9급 지방보건행정직을 뽑는데 특성화고 출신 몫으로 정해 놓은 인원이 있어. 국가 정책으로 못을 박아 두는 거지. 한 명이긴 하지만 보건과가 있는 특성화고는 우리 학교뿐이니 여기서 합격생이 나오는 거야. 목표가 분명하니까 열심히 하게 되지. 친구들끼리 서로 북돋는 모습도 보기 좋고 나도 가르치는 재미가 있어. 그나저나 사람 인연이 참 희한하네? 우리 사이를 알면 정해도 놀라겠다. 너도 아주 잘 살고 있다고 전해 줄게."

"잘 살긴요."

"아니야. 지금 확인하고 있는걸. 너도 정해만큼 예쁘게 크고 있어. 보기 좋다. 너, 내 말에 토 달면 30년차 선생 눈을 의심하는 거다. 이제 너 자신을 믿고 앞으로 나갈 일만 남았어. 내 삶의 주인공은 바로 나! 내가 우리 애들에게 늘 하는 말이야. 너도 잘해 갈 거야. 나도 네 엄마처럼 너를 믿어. 자, 일어서자."

디데이 5일, 그동안 시간이 어떻게 흘러갔는지 모르겠다. 여행 학교와 산내초등학교, 공연을 같이하기로 한 다문화 센터를 오가며 바쁘다는 소리가 입에 붙었지만 피곤하거나 짜증스럽지는 않았다. 팸플릿을 만들고 초대장 삼아 보낼 곳을 확정 짓는 일부터 식사 메뉴를 정하고 공연 순서를 짜는 것까지, 무언가를 함께 만들어 간다는 게 마음을 벅차게 했다. 얼굴을 붉히며 각자 의견을 고집할 때도 있었지만 그 순간만 지나면 서로 다시 낄낄거렸다.

인쇄소에 들렀다가 돌아오니 교무실 앞이 어수선했다. 또 탈락

생 엄만가? 정은의 말에 선영도 그런가 보다 했다. 며칠 전 7기생 명단이 확정되자 몇몇 부모가 찾아와 왜 탈락이냐며 큰소리로 따진 일이 있었다. 선영과 정은은 민혜와 요한 사이를 조용히 비집었는데 아뿔싸, 안에는 검은 코트, 정은 엄마가 와 있었고 쑤진샘 옆에 시후샘도 앉아 있었다. 옆에 다가선 정은을 아래위로 훑어보는 요한의 시선이 예사롭지 않았다. 아니지요, 책임이 있죠. 어쨌든 선생 자격으로 간 거 아닌가요? 애들 데리고 불장난도 아니고…… 낮고 차가운 목소리에 선영은 정은을 쳐다보았다. 그때 붙박인 듯 섰던 정은이 씨근거리는가 싶더니 단숨에 안으로 들어갔다. 반사적으로 붙잡은 선영의 손길을 뿌리치고서였다.

"우리 정은이 왔구나."

"빨리, 어서 나가요!"

"정은아, 너, 너……, 나한테 무, 무슨 말을……"

정은이 냅다 고함부터 지르자 자리에서 벌떡 일어난 정은 엄마는 말을 제대로 잇지 못했다.

"왜요? 어머니 말이니 무조건 예예 하라고요? 아직도 어머니가 원하는 것만 해요?"

쑤진샘의 만류에도 불구하고 정은은 멈출 줄 몰랐다. 이제는 숫제 울먹임이었다.

"내가 로봇이에요? 끄윽, 전 어머니 시키는 일만 해요? 흐흐,

나는, 최정은은 흑흑, 어디 있느냐고요! 꺽, 정말 지긋지긋해. 왜, 흐흑, 왜, 여기까지 쳐들어와서……."

정은은 딸꾹질에 숨조차 깔딱깔딱 넘어가면서도 쉬지 않고 말했다. 보다 못한 쑤진샘이 정은을 품 안으로 끌어당겼다. 선영은 쑤진샘의 눈짓을 알아듣고 얼른 안으로 들어가 정은을 붙들었다. 정은 엄마는 얼굴을 감싸며 쓰러지듯 주저앉았고, 그 와중에도 시후샘은 자세하나 흐트러짐 없이 앉아 있었다. 선영은 무섭게 군은 시후샘 얼굴을 힐끔거리며 뻗대는 정은을 밖으로 끌었다. 점점 크게 울면서 자꾸만 뒤돌아 가려는 바람에 민혜와 요한까지 나서서 정은을 데리고 나왔다. 씨바, 왜 이리 힘이 센 거야. 내뱉는 말과 다르게 요한도 안절부절못했다.

민혜와 요한이 돌아가고도 한참이 지났다. 해가 기울고 바람도 차가워지는데 정은은 계속 울기만 했다. 선영은 목도리를 풀어 정은의 어깨에 얹으며 나란히 앉았다. 이대로 있다간 체온이라도 나눠야 할 것 같았다. 선영은 정은의 팔을 꿰며 찬바람에 흔들리는 나목을 바라보았다. 그리고 나뭇가지 끝에 풍경을 걸어 보는 상상을 했다. 풍경은 어떻게 맑고 깊은 소리를 낼 수 있을까. 풍경의 내면은 어떨까. 풍경은 반드시 바람이 있어야만 소리를 내지만 그 바람이 너무 세거나 차가우면 어떻게 될까. 아슬아슬하게 매달린 풍경은 무슨 생각을 할까, 풍경이 힘들어 하는 걸 바람은 모를까……. 선영은 정은과 민혜라는 풍경을 그려 보다가 멀리 있는 찬과 더 멀리 간 동주도 생각했다.

정은의 낮은 목소리가 선영의 상념을 끊었다.

"우리 아버지는 법대 출신이야. 어머니가 임신하는 바람에 서둘러 결혼을 했대. 그런데 해마다 치는 고시에서 번번이 미끄러졌어. 아버지가 책을 태우던 날은 나도 기억나. 아버지가 우는 게 무서웠거든. 나는 아버지가 집에 있는 게 좋았는데, 내가 초등학교 3학년 때 산에 올라가……, 목을 매셨어. 할아버지 할머니가 어머니더러 남편 잡아먹은 년이라 하더라. 처음부터 마음에 들지 않았다고 하면서. 어머니는 혼자 나를 기르면서도 인턴, 레지던트에 전문의까지 술술 풀려 대학병원에 근무했어. 이젠 잘나가는 개업의고."

선영은 앉은걸음으로 정은에게 바짝 다가갔다.

"어머니는 그래도 할아버지 할머니에게 잘했어. 나에게는 더 극진했지. 나는 공부하라면 했고 누구와 친하게 지내라면 그렇게 했어. 어릴 때는 다른 애들도 다 그런 줄 알았고. 똑똑한 애들 모인다는 자사고에 입학하니 인형처럼 사는 게 통하지 않더라. 애들에게 먹히지도 않고. 하지만 어느새 나도 인정받지 못하면 살수 없는 어머니의 병을 그대로 안고 있었어. 공부로도 친구로도 인정받지 못하니 견딜 수 없더라. 더 괴로운 건 죽을 수도 없다는 거. 이미 아버지가 해 버린 일이니 나는 그럴 수도 없었던 거야."

"됐어. 그만해. 얘기 안 해도 돼. 정은아……."

선영은 앉은 채로 정은을 힘주어 안았다. 할 수 있는 일이 그 것밖에 없었다.

"오늘 처음 말대꾸한 거야. 중3 때 모처럼 사귄 친구 떼어 낼 때도 가만있었는데 왜 그랬는지 모르겠어."

"으음, 사랑의 힘인가?"

선영이 농담이라고 던진 말에도 대꾸가 없던 정은이 한참 만 에 말했다.

"귀국하자마자 들볶더니 결국……. 이제 어쩌니, 시후샘, 완전 화났겠지? 간신히 내게 마음을 열어 주었는데, 어머니는 잤나 안 잤나부터 쏘아붙였을 거야. 틀림없어. 아, 쪽팔려, 정말."

"간신히? 나는 그동안 진도가 훅 나간 줄 알았다."

"시후샘 성격 알잖아. 군대가 자꾸 걸리나 봐."

"군대가 뭐 어때서? 지금 좋으면 되는 거 아냐? 사귀다가 헤어 질 수도 있는 거고. 암튼 재미없어. 누가 범생이 아니랄까 봐. 그 래 놓고 뭐? 내 삶을 지킬 수 있는 힘을 길러야 한다고, 미래를 결정할 수 있는 자유를 가져야 한다고 우리에게 말한 거야? 자기 는 그렇게 하지도 못하면서?"

그런데 그 순간 어떤 깨달음 하나가 선영의 머리를 탁 내리쳤다. 시후샘도 정은 엄마도 사실은 아직 어른이 아니었던 게 아닐까. 만들어지지 않거나 잃어버린 그 무엇에 마음이 굳어 혼자만의 삶을 일구지 못했던 건 아닐까!

12월 31일, 오후 3시. 산내초등학교 운동장으로 승용차들이 속속 들어왔다. 젊은 부모나 할머니 손을 잡은 꼬맹이들도 보였다. 손님들은 정은과 요한의 안내를 받아 가져온 음식을 급식소에 내려놓고 바자회 물품을 교실에 부려 놓은 다음 비옷을 받았다.

"죄송합니다, 공짜 아닙니다. 사셔야 합니다. 돈은 이 통에 넣어 주시면 됩니다."

변죽 좋은 요한의 말에 카키색 파카를 입은 아저씨가 말했다.

"인심 고약한걸. 일복도 안 주고 부려먹을 셈이야."

다른 손님이 맞장구를 치자 요한이 정중히 고개를 숙였다.

"아이구, 죄송합니다."

주고받는 내용과 달리 양쪽 모두 역할극을 하는 것처럼 신나 보였다.

앞치마 용도인 비옷을 단단히 여며 입은 손님들은 꼬맹이들이 이끄는 대로 담장으로 갔다. 담벼락은 깨끗하게 정리되어 사계절 정취를 담은 밑그림까지 그려져 있었다. 두고두고 학교가 보존되길 바라는 마음에서 정한 테마였고, 사전 작업은 학교 풍경 사진을 참고해서 선영과 정은이 미리 해 두었다. 손님들이 늘어서 자 정은과 민혜가 붓과 페인트를 나누어 주며 어디를 어떤 식으로 칠해야 하는지 자세히 설명했다. 늦게 온 손님들은 유치원 외벽을 맡아 다양한 동물 캐릭터에 색을 입혔다.

벽화가 그려지는 동안 선영은 급식소에 있었다. 일일 조리장이란 책임을 맡았으나 한데 모인 음식을 시간 맞춰 데우는 일만 해도 될 듯싶었다. 도우미를 자처하더니 이것저것 맛부터 보던 정샘이 손가락을 쪽쪽 빨며 선영에게 말했다.

"이건 쌀국수인가? 저건 우리나라 만두 같기도 하고. 세계 음식 다 모았구나. 멋지다. 대박! 도대체 누구 머리에서 이 기막힌 아이디어가 나온 거니? 이것 때문에 인터넷 카페도 후끈했다며."

"모르겠어요. 어떻게 해서 여기까지 왔는지. 어떤 친구가 엄마표 멸치볶음을 가져오겠다는 데서 시작되긴 했는데……."

그랬다. 그 얘기를 카페에 올렸을 뿐인데 또 다른 분이 잡채 20인분을 준비하겠다는 댓글을 달았다. 그다음엔 튀김 30인분, 떡볶이 30인분, 케이크 세 개, 갈비 20인분. 나중엔 사과 한 박스, 귤 두 박스도 올라왔다. 예비 7기생 부모님도 참여했고 꼬맹이 엄마들까지 다양한 국적의 맛을 요리해 왔으니 음식 박람회를 치러도 될 판이었다.

"저, 시후 오빠, 안 왔어요? 괜찮은 거예요?"

선영은 둘이 있는 틈을 타서 정샘에게 물었다. 그날 이후로 아무도 시후 오빠를 만날 수 없었다. 요한이 얘기로는 정은 엄마의 모욕적인 말을 듣고도 아무 대꾸 없이 나가 버린 게 마지막 모습이라고 했다. 씨발, 눈 부라리고 주먹 떨면 뭐 해? 확 엎어야지. 내 존심이 다 상하더라. 쑤진샘은 시후 오빠가 여행을 떠났다 하고 정샘은 때늦은 사춘기를 겪는다고 했다. 선영은 그동안 시후 오빠가 산 같은 사람이라 생각하고 있었다. 어떤 자극에도 흔들림 없이 자기 자리를 굳건히 지키는 산. 그래서 타인에게 휘둘리고 자기감정에 빠져드는 선영하고는 다른 존재라고 여겼다. 그런데 때 아닌 사춘기라니, 선영은 무척 놀라면서도 한편으로는 안도하는 마음이 들었다. 알고 지내 온 그 어느 때보다도 시후 오빠가 인간적이고 친근하게 느껴졌다.

"입대 전날에야 오겠지. 믿는다. 난 시후 엄마니까. 정은이는 잘 있어?"

"예……, 정은이한테 먼저 묻기는 그렇지만 그대로 끝나진 않을 거예요. 당장은 아닐지 몰라도 처음 가져 본 감정인데, 소중하게 키워 갈걸요. 정은이…… 맘에 안 드세요?"

"됐네요, 연애는 지들이 하는 거지. 내가 상관할 일은 아니잖아."

그때 카메라를 든 교감 선생님이 들어왔다. 어제 교육청으로 보도 자료를 보냈고 오늘은 자료 사진을 보내야 한다고 했다. 그런데 정샘 친구 아니랄까 봐 사진은 뒷전이고 잡채부터 한 젓가락 집어 올리며 말했다.

"저쪽은 가격표 붙인다, 디스플레이를 한다, 손이 모자란다고 난린데 여긴 한산하네. 참, 마루카페 사장도 와 있더라."

그러자 정샘이 선영을 가리키며 말했다.

"커피 팔고 공정무역 소개도 해 달라고 얘가 불렀대. 수익을 반씩 나누기로 했다니 음, 선영이 수완도 보통 아닌걸. 좋아."

손가락을 들어 좌우로 흔드는 모습에 선영이 풋, 하고 웃음을 터뜨렸다. 해당되는 표현이 아닌 줄 알지만 무척 귀여웠다. 그러고 보면 정샘처럼, 혹은 엄마처럼 살아갈 수 있다면 어른의 삶도 두려운 일만은 아닐 것 같았다.

스마트폰에서 알림 신호가 울렸다. 가슴이 일렁이던 선영은 정샘과 교감 선생님이 대화하는 틈을 타서 창을 열었다. 발표회 진행 상황을 찍어 올린 걸 찬이 이제야 본 모양이다.

- 와, 멋지다. 빨리 달려가고 싶어.
- 이 모든 게 우리 6기생! 만세! 특히 강선영 만세!

선영은 배시시 웃으며 답을 보냈다.

- 또 아침부터 쉐프에게 혼났어? 열심히 하길. 나중에 행사 끝내고 전
  화할게.
- 그래도 실력은 늘고 있다. 오케이. 나중에.

답글까지 확인한 선영이 스마트폰을 주머니에 넣었다. 그런데 여전히 울리는 신호음, 선영은 다시 스마트폰을 꺼내 들었다. 문자를 확인하는 선영의 얼굴이 대번에 붉어졌다.

- 알지? 너는 나를 흔드는 바람. 나는 네가 있어 소리 나는 풍경. 나중
  에 너를 위한 요리를 백 가지, 아니 천 가지 해 줄게. ♡♡♡

짧은 해가 서쪽으로 기울면서 어스름이 내렸다. 벽화 작업을 마친 어른들과 아이들이 비옷을 벗은 다음 삼삼오오 이동했다. 학교 건물 처마 끝에 줄지어 달아 놓은 풍경이 맑고 깊은 소리를 번갈아 냈다. 강당은 학교 건물 뒤편에 있다. 그 입구에는 여행학교 사진이 프린트 된 배너가, 안에는 눈높이에 맞춘 현수막이 기다랗게 둘러쳐져 있었다. 걱정했던 것과 달리 다양한 사이즈로 담긴 사진이 선명했다. 경주, 머수리, 마날리, 부다페스트, 프라하, 크라쿠프, 빈……. 아름다운 풍경과 온갖 표정의 6기생, 그곳의 어린 친구들까지 이야기를 담지 않은 사진이 없었다. 여행 중에

는 몰랐는데 사진을 나란히 놓고 보니 그동안 너나없이 살이 빠졌고 키도 조금씩 자라 있었다. 계절을 넘기고 국경을 넘나들면서 피부는 까매지고 머리카락도 제멋대로 뻗었다. 그래도 선영은 최근 사진이 더 마음에 들었다. 선영과 친구들은 부드러우면서도 단단해 보였다. 강마마의 게스트하우스 사진 앞에서 정은이 걸음을 멈추고 선영의 손을 잡았다. 그 순간 선영도 알 수 있었다. 정은과 자신, 그리고 찬이 그때부터 각자 마음속 국경을 넘고 있었다는 것을.

드디어 공연 시작, 정은을 선두로 한 명 한 명 무대에 올랐다. 요한과 함께 민혜의 손을 잡은 선영이 마지막으로 올라서자 무대가 꽉 찼다. 리허설까지 했는데도 다리가 떨리고 숨이 가빠 왔다. 쑤진샘의 인사말이 끝나 갈 즈음에야 관중이 눈에 들어왔다. 선영은 반갑게 손을 흔들고 있는 아빠를 보았다. 선영과 눈이 마주친 아빠는 양손을 머리 위로 올려 하트 모양을 만들었다. 그런데 뭐람, 옆에 앉은 여자에게 선영을 가리키는 걸 보니 일행임이 분명했다. 그전에 본 여자가 아니고 예쁘지도 않았다. 하여간 아빠는……. 무심결에 나온 혼잣말 바람에 핑 돌던 눈물이 쏙 들어가 버렸다. 가득 들어찬 관중을 바라보며 선영은 멀리 있는 찬을 아빠의 뒷자리 어디쯤에 앉혀 보았다. 아니다. 찬이 있을 자리는 이곳 무대이니 저쪽으로는 혼자만의 여행을 마친 시후 오빠가 짠 하고 나타나야 한다. 모두가 기다리고 있으니 지금이라도.

　때마침 성능 좋은 스피커를 타고 강렬한 사운드가 터졌다. 음악에 맞춰 상체가 저절로 숙여졌다. 굳어 있던 몸과 마음이 한꺼번에 풀리는 순간이다. 몸이 마날리에서 추었던 춤을 기억하고 있었다. 한 박 두 박 쉬고, 선영은 참았던 숨을 토하며 숙였던 상체를 쫙 편 다음 두 손을 힘차게 내밀었다.

6

스무 살, 약속

도심의 고만고만한 호텔, 창 너머로 광고판이 점멸하고 있다. 한자와 한글이 나란히 쓰여 외국이란 느낌은 크게 없다. 선영은 입국해서 보았던 입간판을 떠올리며 긴 이름을 나지막이 소리 내 본다. 연변 조선족 자치구 길림성 연길. 동주가 듣는다면 탄성을 지르며 오른손으로 긴 머리카락을 거머쥐겠지. 눈을 크게 뜨면서 움켜쥔 머리칼을 잡아당기는 모습까지 선명하게 떠오른다. 동주가 원하던 여행지였으니 당연히 그럴 것이다.

선영은 정해가 누운 오른쪽 침대를 쳐다본다. 믿어지진 않지만, 어쨌든 여기까지 왔다. 여정 자체가 고통의 연속이었던 정해는 자면서도 몸을 웅크리고 있다. 그 모습에 선영은 울컥 감정이 올라온다. 자세를 바꾸어 똑바로 앉은 다음 심호흡을 하고 눈을 감는다. 이틀 동안 정해가 수없이 되뇐 주문을 마음속으로 기도하듯 외워 본다. 할 수 있다, 할 수 있다, 해야만 한다. 선영은 떨리는 손가락에 힘을 가해 자판을 누른다. ㄷ, ㅗ, ㅇ, ㅈ, ㅜ.

동주에게 전하는 편지의 첫마디를 힘들게 쓰고도 선영은 다시 딴 짓이다. 〈풍경과 바람〉 웹진 홈페이지를 열어 그사이 방문자가 몇이나 늘었는지 헤아리고 빤히 아는 내용을 클릭, 또 클릭한다. 그도 모자라 스마트폰을 열어 여행학교 밴드며 카톡 창을 드나들고 찬이 보낸 메시지도 훑어본다. 한 시간이 훌쩍 지나간다. 선영은 들고 있던 스마트폰을 침대에 던지고 비로소 탁자 앞에 앉는다. 이러다가 예전의 숱한 나날처럼 글자 한 자 치지 못하고 밤을 새우는 건 아닌지 모르겠다. 선영은 머리를 흔들며 노트북 자판에 손을 올린다. 몇 번이고 숨을 고른 다음 동주가 앞에 있기라도 하듯 자판을 두드린다. 자, 시작할게.

선영은 지난해 여름쯤에야 정해와 소식을 나누었다. 동주가 떠나고 1년하고도 반년이 지나서였다. 문자 메시지와 카톡 몇 차례를 나누다가 직접 만난 건 10월 초나 되어서였다. 어느 토요일, 정해가 지방직 공무원 시험을 치르는 건물 밖에서였다. 그즈음 선영은 정샘을 통해 정해의 일상은 물론 시험 치는 장소며 시간을 꿰뚫고 있었다. 공중 보건, 환경 보건, 생물 시험을 끝내고 나온 정해는 얼떨떨한 표정으로 정샘과 선영을 번갈아 바라보았다. 선영도 정해를 금방 알아보지 못했다. 키나 몸이 그전과 별로 다를 게 없었는데도 어딘지 모르게 예뻐 보였다고나 할까. 일생일대의 중요한 시험을 치른 정해는 긴장이 풀렸는지 선영을 허물없이 대했고, 덕분에 선영도 어색함 없이 예전으로 돌아갈 수 있었다. 정해는 이후 면접을 거쳐 9급 공무원직에 합격했고 올해 1월부터 군 보건소 직원이 되었다. 특성화고등학교에서 공무원이 나왔으니 대단한 성과였다. 당연히 학교 정문에 플래카드가 걸리고 지방 신문에도 실렸다.

지난 6월 마루카페에서 만난 정해는 대뜸 그날의 약속대로 여행을 가자고 했다. 그날! 고1 개학 전날의 하루 여행! 결코 잊을 수 없는 그 하루! 하지만 선영은 입을 벌린 채 그대로 얼어 버렸다. 바퀴 달린 거라면 버스는커녕 자전거도 못 타는 애가 백두산이라니, 헐, 놀랄밖에. 설마 걸어서 가자는 거냐고 묻는데 정해는 다짜고짜 주민번호와 영문 이름을 대라고 했다.

"8월에 별일 없지? 내 휴가 날짜 잡히는 대로 비행기 예약할게. 우, 티켓 석 장은 으, 힘들겠어. 비싸서……. 좁겠지만 두 장 끊어 붙어 가자."

석 장이라니, 정해는 마치 동주가 살아 있는 것처럼 말했다. 선영은 우선 정해의 표정부터 살펴야 했다. 얘가 왜 이러나 싶었으

니까. 정해는 보건소 근무가 힘든 게 아니라 출퇴근이 전쟁이었
다. 오죽하면 공무원을 포기하려고까지 했을까. 스스로 너무도
원한 일이었고 할머니와 정샘의 간곡한 청에 정해는 어쩔 수 없
이 버스를 탔다고 했다. 하지만 매번 어지러움과 이명, 구토에 시
달렸다고 하지 않았는가. 그런데 외국이라니, 정해는 생각만 해
도 숨이 막히는지 말하는 도중에도 얼굴이 하얘졌다. 순간 선영
은 찔끔 눈물을 흘리고 말았다. 동주의 목소리가 고스란히 되살
아났기 때문이다. 그래, 약속하자. 스무 살엔 백두산, 서른 살엔
바이칼, 마흔 살엔 프랑스로 떠나는 거다. 항상 우리 셋이서……
   그 약속, 가끔씩 생각나긴 했지만 선영은 그냥 해 보는 공상
같은 걸로 여겼다. 동주의 말을 들을 때부터 그랬다. 정해가 보
고 싶어 나가긴 했으나 선영은 반 아이들에게 지쳐 마음이 닫혀
있었다. 수다 끝에 나온 여행 얘기를 건성으로 들었고, 가고 싶
은 곳도 희망일 뿐이라고 여겼다. 프랑스든 미국이든 아무 상관
이 없었다. 그러니 백두산 천지의 기를 받고 가장 좋아하는 시인
인 윤동주의 흔적을 찾고 싶다는 동주의 말이나, 부모님이 신혼
여행을 다녀왔다는 바이칼 호수를 보고 싶어 하는 정해의 바람
도 그저 먼 이야기였다.
   여행학교를 다니며 200일 이상 해외에 머물렀던 선영으로서는
4박 5일 일정쯤이야 아무런 문제가 되지 않았다. 패키지여행이

아니었지만 공항에서부터 진아가 나와 준다고 했으니 별도의 준비랄 것도 없었다. 국내 대학 대신 연변대학교를 선택한 진아는 지난 1월부터 이곳에 체류하고 있었다. 얼굴이나 한번 보자고 연락했는데 방학 중이라며 가이드를 자처해 주었다.

여정은 인천공항행 리무진에서부터 시작되었다. 정해는 터미널에 들어서자 걸음이 뒤처지고 얼굴이 점점 하얗게 변해 갔다. 도열해 있는 버스를 보기만 해도 어지럽다고 하더니 이내 화장실로 쫓아갔다. 멀미약을 먹고 붙여도 아무 소용이 없는지 돌아와선 얼마 안 있어 온몸을 떨었다. 인천공항에 내려서는 완전히 너부러졌다. 화장실 앞 장의자에 누워 버린 정해에게 선영은 괜찮아? 물 마실래? 화장실 갈래? 또 토하고 싶어? 추워? 똑같은 말을 반복하며 마음속으로 이 여행을 가도 되는 건가 몇 번이고 반문해야 했다. 이러다가 정해가 죽는 건 아닌지 섬뜩한 생각마저 들었다. 하지만 완강한 정해 앞에서 포기하자는 말은 할 수 없었다. 약속도 약속이지만 정해가 보이지 않는 오래된 적과 대결 중이라는 걸 알고 있었으므로.

9시 40분에 인천공항을 출발한 비행기가 11시 5분에 연길공항에 도착했다. 두 시간 25분 동안 정해는 그야말로 지옥을 건넜다. 숨을 제대로 못 쉬어 물도 약도 소용없었으며, 승무원은 물론 높은 직책의 제복까지 불려 왔다. 그들이 시키는 대로 선영이 정해를 마주보고 손을 잡은 채로 소리 나게 날숨과 들숨을 함께 쉬었다. 정해의 숨도 조금씩 선영에게 맞춰졌다. 그러다가 정해는 살짝 잠이 들었고 선영은 조마조마한 마음으로 친구의 얼굴을 바라보아야 했다.

출국 심사를 끝내고도 한 시간 넘게 지체하다가 공항을 나왔다. 그사이 진아와 간신히 인사를 나눈 정해가 버스 승강장에서 파르르 몸을 떨었다. 상황을 파악한 진아가 걷자고 제안했고, 예약한 호텔은 취소해도 된다고 했다. 다행히 정해는 걸으면서 조금씩 원기를 회복해 무사히 이곳까지 오게 되었다.

선영은 자판에서 손을 뗀다. 동주……. 이름을 부르기도 힘들었는데 일단 시작하고 나니 꽤나 수다스럽다. 오랜 친구라서 그럴까, 하도 많이 생각해서 그럴까. 그래도 전보다 괴로움이 묽어져서 다행이다. 여태 하지 못한 이야기를 풀어놓으려면 다시 힘들지 모르겠지만 이제 선영은 마주 보려 한다. 정해가 몸으로 보여 주는 뭉클함이 선영에게도 번지고 있으니까. 정해는 지금 동주를 통해 10년 이상 넘지 못한 내면의 국경을 넘는 중이고, 선영 역시 넘어야 할 큰 산을 앞에 두고 있다. 그 생각에 이르자 마음이 홧홧해지며 은근히 부풀어 오르기까지 한다.

잘 자! 선영은 화면을 향해 말한 다음 천천히 노트북을 덮는다.

다음 날 아침, 선영은 일어나자마자 습관적으로 스마트폰을 연다. 찬이 보낸 밤 인사를 확인하기 위해서다. 이탈리아 피렌체의 한 레스토랑에서 1년 이상 허드렛일만 해 왔던 찬은 얼마 전부터 정식으로 요리를 배우는 중이다. 까칠한 쉐프가 마음을 열어 주었다며 얼마나 좋아하는지, 힘들다는 소리도 노래처럼 들린다. 멀리 있는 선영까지도 행복하게 하는 기운이다.

선영은 스마트폰을 덮다 말고 들여다본다. 아직도 카톡 창에 신호가 들어와 있어서다.

> – 선영아! 나, 고추 농활 가는 중이야. 시후샘 부대 가까운 곳이라 봉
> 사도 하고 님도 보러 갑자기 끼여 간다. 흐흐, 적어도 열흘은 걸린다
> 는데 어쩌지? 그곳은 인터넷도 안 된대. 미안, 죄송. 편집장이 어떻게
> 좀 해 주라. 나중에 밥 살게.

선영은 스마트폰을 든 채 벌떡 일어난다. 이런, 대형 사고다. 정은이 원고 펑크라니…… 전화부터 걸어 보지만 아예 꺼져 있다. 이쯤 되면 잠수 탄 게 분명하다. 대학생이 되더니 애가 영 이상해 졌다. 바쁘다며 안 하고 하기 싫다며 안 하고, 그전 같으면 상상할 수 없는 행동을 하고 있는 것이다. 억지로라도 성격을 바꾼다고 할 때 박수칠 게 아니었고, 편집장 넘길 때 알아봤어야 했다. 선영은 애꿎은 전화기에다 대고 정은이 욕을 한다. 예전의 정은

이 그리울 지경이다.

"왜 그래? 무슨 일 있어?"

침대에 누운 채 정해가 말한다.

"응. 원고 펑크 나게 생겼다. 대학 일기!"

웹진 〈풍경과 바람〉의 시작은 졸업 발표회 쫑파티에서였다. 그냥 헤어질 수 없다, 소통의 기운을 이어 가야 한다, 다문화 센터 아이들과 정기적으로 만나자는 말을 무성히 나누며 소식지부터 만들었고, 이런저런 시도 끝에 웹진으로 자리 잡았다. 웹진 이름은 자연스럽게 정해졌고 각자 원하는 대로 글이나 사진, 만화를 올렸다. 요즘 선영은 여행학교 이야기를 연재하고 있다. 함께 경험한 이야기라 동기들이 댓글을 달곤 했는데 최근엔 낯선 이름의 소감이 더 많아졌다. 누구는 만화 캐릭터가 귀엽다 했고 재미있다거나 다음 편이 궁금하다는 사람도 있었다. 선영은 미지의 독자들과 소통한다는 사실에 가슴이 떨렸다. 알지 못할 그 누군가를 생각하자 더 잘 그리고 잘 쓰고 싶었다. 책임감이 커졌고 정은이 슬그머니 밀어붙이는 편집장 노릇도 받아들였다.

"아, 그 글 재밌던데. 그 친구 되게 꼼꼼하다 그러지 않았어?"

"변했어. 아주 저 내키는 대로야. 애착이 없다니까."

그런데 정해가 침대에서 일어나며 낄낄 웃는다.

"야, 너도 변했다. 애착 없이 맘대로는 네 캐릭터였잖아."

"뭘, 내가 언제……."

선영은 짐짓 큰소리쳐 보지만 이미 무색해진 뒤다. 정해가 비틀걸음으로 욕실로 들어간 사이에 선영은 원고 쓸 만한 애들을 꼽아 보며 통화 버튼을 누른다. 하지만 이른 시간이라 민혜와 요한마저도 받지 않는다.

학교 기숙사로 돌아갔던 진아가 왔다. 정해의 안색을 살피더니 이도백하로 가기 전에 시장 구경을 하겠느냐고 묻는다. 걷는 일이라니 정해가 반색하며 따라나선다. 큰길을 사이에 두고 양옆으로 한없이 난전이 늘어섰다. 잠시 뒤면 걷힐 번개시장이라는데 없는 게 없다. 갖가지 과일과 채소, 각종 골동품에 길거리 마사지까지, 동남아에서 숱하게 본 광경과 비슷했는데, 정해는 넋을 놓은 채 보고 있다. 실실 놀려 주고 싶은 마음에 선영이 말한다.

"EBS '세계 테마 기행' 보면 다 나온다며. 고생하며 멀리까지 갈 이유 없다며?"

"어떤 불쌍한 애가 그런 말을 했지?"

정해도 농담조로 말을 받는다. 하지만 그 순간 선영은 정해의 눈에 살짝 맺히는 눈물을 놓치지 않는다. 중국어와 우리말이 뒤섞인 호객 소리가 요란하다. 선영과 정해는 진아를 앞장 세워 연두부와 만두, 부침개를 사 먹고 예쁜 사과도 산다. 너무 싸다며 깍깍 소리를 지르던 정해가 녹두를 파는 시골 노파 앞에 선다. 선영은 짐 불리는 초보 관광객이라며 퉁바리를 주려다 만다. 틀림없이 할머니 생각을 하고 있을 테니까. 선영도 머리를 복잡하게 하던 펑크 난 원고를 살짝 잊고 엄마가 좋아하는 표고버섯 앞을 기웃거린다. 내친 김에 정샘에게도 하나 선물하겠다고 하니 정해가 우리 선생님 것은 자기가 산다며 부득부득 우긴다. 우리 정해에 우리 선생님이라니, 참 환상적인 사제지간이다. 선영은 살짝 부러움을 느끼며 정해에게 양보한다.

여기는 이도백하 영욱호텔이란 곳, 오늘은 진아도 함께 자야 해서 3인실로 들었다. 백두산 관광 구역이라 그런지 연길보다 비싼데도 영 후지다. 노트북을 꺼낸 선영은 동주에게 먼저 옥수수 밭 얘기부터 한다. 낮에 연길을 벗어나자 옥수수 밭이 끝도 없이 펼쳐졌다. 눈길이 미치는 모든 곳이 다 초록색이었다. 고 1, 국사 시간에 배운 만주 벌판이 실감났다. 그때 국사 선생님의 아련하고도 비장한 눈빛이 뭘 의미했는지 알 거 같다. 애들 사이에 인기가 좋던 그 선생님은 유독 동주를 예뻐했다. 물론 동주가 역사에 박식해서였다. 동주는 자기 생이 짧을 걸 알고 있었을까. 너나 없이 살아가는 긴 생을 압축 파일로 만들고 싶었을까. 그래서 꿈은 의사이면서도 온갖 것에 관심을 갖고 열심히 매달렸던 것일까. 동주야, 그랬던 거니? 선영은 대답 없는 친구를 호출하여 묻고 또 묻는다.

버스 안에서만 보게 되는가 싶던 옥수수 밭 옆에서 시간을 좀 보냈다. 정해가 중간에 한 번은 내려야 했기 때문이다. 맑은 물까지 다 토해 낸 정해는 그늘에 누웠고 선영과 진아는 찐 옥수수를 먹고 아이스크림을 빨면서 다음 버스를 무한정 기다렸다. 그렇게 몇 시간이나 지체되었지만 어쨌거나 여기에 왔다! 그게 가장 중요하다.

저녁도 먹지 못한 채 정해는 쓰러져 자고 선영과 진아는 맥주 몇 캔을 두고 마주 앉는다. 잘 마시지도 못하는 술을 선영은 몇 모금 허겁지겁 들이켠다. 이유야 분명하다. 진아와 이야기를 하게 되면 선영의 죄책감과 두려움의 원천인 동주를 뺄 수 없다는 걸 알고 있으니까. 아닌 게 아니라 그동안 참고 있었는지 진아가 단도직입적으로 묻는다.

"이번에 동주가 네 중학교 친구라는 걸 알고 많이 놀랐어. 그때, 아무리 충격을 받았어도 선영이 네가 학교까지 그만둘 줄은 몰랐다. 너희 친하지 않았고 오히려……."

진아가 말을 하다 말고 입을 다문다. 아직 완전하지 않은 우리말을 들으니 옛날로 돌아간 거 같다. 진아는 선영과 동주 사이가 아주 나빴다고 말하고 있다. 선영이 2학기 들어 동주 말이라면

158

무조건 쏘고 모진 말까지 했으니 당연히 그렇게 느낄 법하다. 특히 벽화를 그릴 때 진아도 같은 모둠이었으니 다른 애들보다 훨씬 더 잘 알고 있었을 테다. 선영은 얼굴을 감싼 손을 풀며 한숨을 쉰다. 여기까지 와서 비겁하면 안 된다 생각하면서도 쉽게 입이 떨어지지 않는다.

"그림만큼은 동주보다 내가 낫다고 생각했나 봐. 모둠장이라고 마음대로 결정하는 게 싫었어……. 내가 약했던 거야. 멘탈이 약하니까 비뚤어지더라. 강한 사람은 곧게 자기 길만 가는데 나는 그렇지 못했어."

맥주 캔을 빙글빙글 돌리던 진아가 선영을 빤히 쳐다보더니 입을 연다.

"그래서 네 스스로를 갉아 먹었구나. 그런데 선영아, 누구든 의견이 안 맞을 수 있고 저, 그래, 라이벌끼리 경쟁이야 당연한 거지. 벽화만 하더라도 우리 모둠 작품이 좋았잖아. 역할도 못하고 점수만 얻은, 나 같은 애도 있는데……."

"징계를 끝내고 학교로 돌아온 유리가 내게 고맙다고 하더라. 의리를 지켜 준 사람은 나뿐이라면서. 하지만 유리를 알아 버린 나는 혼자이길 원했어."

그랬다. 유리는 사람을 모으는 능력이 어찌나 탁월한지 얼마 지나지 않아 아이들 중심에 서서 반을 쥐락펴락했다. 무서운 힘이었다. 선영은 유리의 적이 되지 않으면서 덜 어울리기 위해 자신의 세계가 필요했고 공부를 택했다. 누구에게도 휘둘리지 않은 채 자기 길만 가는 동주가 부러웠는데, 동주의 힘은 공부로 보였으므로 선영도 그 길을 가 보려고 했다.

그해 여름 방학 동안 선영은 참 열심히 공부했다. 잡념이 없어지고 재미도 있었다. 엄마와 아빠가 마냥 좋아하니 쳇바퀴 같은 일상도 만족스러웠다. 모르는 문제는 틈날 때마다 동주에게 물었고 정답지 같은 동주의 대답에 감탄하면서 더 열심히 해야겠다는 열의를 키웠다. 그날, 그 하루 여행이 아니었다면 우리는 사이 좋은 공부 친구가 되었을까? 아, 모르겠다. 마음 깊은 곳에 자리한 동주에게 속말을 하던 선영은 얼굴에 손을 갖다 댄다. 얼굴이 이렇게 붉어지는 건 여전히 부끄러워서일 것이다. 선영은 결국 진아에게 솔직하지 못하고 화제를 바꿔 버린다.

"참, 민혜 소식은 알아?"

"응, 가끔씩 통화하고 있어. 시력은 갈수록 나빠진다는데 늘 씩씩해."

"그럼, 맹학교에서 공부도 일등이야. 나도 그렇지만 우리 웹진 꼭지 중에서 민혜 글을 제일 먼저 찾아 읽는다는 사람도 많아. 그 학교는 교사든 학생이든 감동 아닌 사람이 없어."

"그래, 나도 뭉클하더라. 아, 그리고 네 만화도 잘 보고 있어.

지금 생각하니 그 시절에서 참 멀리 온 것 같다. 그때 민혜는 우리 모두 좋은 친구가 될 거라고 했는데 나만 학교에 붙어 있었네. 너희는 다른 곳에서 다시 만나고 동주는……"

진아는 말끝을 흐리면서도 얼굴에 미소를 띤다. 쓸쓸하면서도 여유가 묻어나는 진아를 보며 선영은 생각에 잠긴다. 진아도 참고 견디었는데 자신은 왜 그러지 못했을까? 미처 덜 만들어진 풍경이었을까. 물고기 모양의 쇠가 빠진 불량품이었을까. 동주도 그랬을까. 바람을 맞을 준비가 안 되어 있거나 스스로 거부했던 것일까……. 여행을 하면서 선영은 학교가 전부가 아닌 것을 깨달았지만 그렇다고 후회하지 않은 건 아니었다. 진아나 다른 애들처럼 버티고 이겨 내 맑은 소리를 품어야 했다는 회한이 들기도 했다. 그러니 이제 동주에게도 말하고 싶다. 너 역시 날마다 후회하고 반성해야 해. 네게 미안한 건 사실이나 네 행동에 동조하는 건 절대 아니야. 세상에 던져졌다면 어쨌든 최선을 다해 살아야 했어…….

자신의 생각에서 빠져나오며 선영은 진아의 고요한 얼굴을 본다. 잘 단금 되어 맑고 깊은 소리를 내는 풍경 하나에 오래도록 시선을 비끄러맨다. 잔잔한 파문 같은 게 전해지는 느낌을 선영은 놓치지 않으려 한다.

아아, 동주에게.

오늘 드디어 백두산 천지를 보았다! 네가 가장 그리운 순간이었다.

북파산문에서 출발하는 셔틀버스에서 내려 지프차로 갈아타니 주위 풍광이 완전히 달라져. 키가 작아지던 자작나무가 사라지고 온갖 종류의 야생화가 펼쳐지더라. 감탄의 절정은 물론 천지였지. 걸음을 옮길 때마다 조금씩 다르게 보이는 천지는 깊고, 고요하고, 푸르고, 넓었어. 인간의 언어로 담을 수 있는 풍경이 아니더라. 인파가 넘쳐 줄지어 움직이던 어느 순간 정해가 풀썩 주저앉아 사람들의 흘깃거림에도 아랑곳없이 네이름을 불렀어. 동주야, 보고 있니? 천지야. 여기가 천지라고……. 동주야, 보이지? 미안해, 미안해……. 정해의 울부짖음에 나는 무릎을 꺾었고 진아도 눈물을 흘리며 내 등을 안았어.

엉켜 있던 우리는 잠시 뒤 몸을 풀었고 아무 말 없이 천지와 이별했어. 침묵은 지프차와 셔틀버스를 타고 내려오면서도, 산문 밖으로 나와 늦은 점심을 먹고 연길행 버스를 타면서도 계속되었어. 서너 시간을 또 어떻게 견디나 싶던 정해는 뜻밖에도 버스 안에서 잠을 잤어. 금방 깨겠지 싶었는데 몇 차례 인상만 찌푸릴 뿐 내릴 때까지 잘 자더라.

정해가 자는 동안 나는 차창 밖, 지평선에 깔리는 노을을 바라보았다. 옥수수 밭이 온통 핏빛이더라. 버스에서 당장 내리고 싶을 만큼 장관이었지. 낮에 백두산의 자작나무를 보아서였을까? 불현듯 자작나무 숲이 끝없이 이어지던 풍경이 생각나더군. 크라쿠프에서 오시비엥침으로 넘어

가던 기차 안에서였지. 그때처럼 다시금 너를 떠올렸어. 그러자 가슴 밑바닥에 서리서리 감춰 두었던 기억이 오롯이 눈앞에 펼쳐지면서 웬걸, 여행학교 동기 요한이처럼 욕이 나오려고 하더라. 씨발, 씨바. 아, 씨팔……

그해 여름, 공부에 빠져 있으니 잡념이 덜 생기더군. 너와 비교되는 나의 약한 멘탈이나 유리의 눈치를 보며 쩔쩔매던 나의 비겁도 잊을 수 있었어. 적당한 수식에 대입시키면 순서대로 풀리는 수학 문제나 지문을 잘 헤집기만 해도 답이 나오는 국어 문제는 나를 잘 숨겨 주더라. 영어 단어를 암기하는 그 단순함은 더 좋았다……. 너도 정해 전화 받았지? 알바 월급 탔다며 우리와 놀자고 했잖아. 고등학교 생활에 된통 당하던 나는 정해를 유일한 친구로 여기고 있었어. 어울리긴 했으나 너는 여전히 어려웠고……. 네가 어떤 마음으로 나왔는지 몰라도 나는 정해와 오랜만에 회포를 풀고 공부를 도와준 네게도 신세를 갚을 요량이었어.

우리는 아침부터 만나 성곽에서 성당까지, 그리고 무덤길까지 쉬지 않고 걸었다. 단지 걷고 있을 뿐인데도 고장 났던 환기구가 저절로 고쳐지는 느낌이랄까, 기분이 좋더라. 정해가 풀어 놓는 특성화고등학교 이야기도 재밌었지. 화장이나 연애에 목숨 거는 여자애들, 밤새 게임하고 학교에서는 잠만 자는 남학생, 엄마 병원비를 대는 알바생. 축제 준비와 동아리 활동에 열성인 애들……. 내가 다니던 학교와 달라 잠깐 부럽기도 했어. 정해는 중간고사에서 자기가 일등을 해서 깜짝 놀랐다고 했지. 학업 수준이 낮다는 게 때로는 기회의 땅이 되기도 하더라고 덧붙이면서 말이야. 정해와 일등, 정해와 모범생은 뭔가 어울리지 않은 조합 같았으나 너와 나는 박수를 치며 환호했지. 비록 걷는 여행이지만 나중엔 멀리 가자며 스무 살, 서른 살, 마흔 살 여행 이야기도 나눴잖아.

식당과 옷 가게, 서점과 팬시점을 다니다 보니 우리는 쇼핑백을 두어 개씩 들게 되고 몸도 피곤해졌지. 하지만 나는 카페로 들어갈 즈음 신경이 꽤 날카로워져 있었어. 너와 정해가 그렇게 친한 줄 몰랐거든. 너희가 나누는 얘기가, 서로 책을 골라 주고 학용품을 선물하는 게 갈수록 거슬리더군. 정해가 우리 반 일을 다 아는 것도 마뜩찮았어. 나에겐 딱딱하게 굴던 네가 정해에게 온갖 얘기를 다 하는구나 싶으니 마음이 자꾸만 꼬이더라. 내 유일한 친구 정해가 너의 친구로 옮겨 가 있었으니까……. 결정적인 건 내가 화장실에 다녀왔을 때였지. 너도 정해도 등을 보이고 앉아 있어 내가 가까이 다가가는 줄 몰랐을 거야. 하지만 나는 네가 하는 말을 선명하게 듣고 말았어. 웬일인지 요샌 나한테 붙더라. 공부? 해 봤자 어디까지겠어? 귀찮아 죽겠다. 너는 어쩌겠느냐며 어깨까지 으쓱였지. 정해는 고개를 끄덕이며 동조하고 있었고……. 나는 못 들은 척 자리에 앉았지만 표정 관리가 쉽지 않았다. 그래, 나는 한정 없이 약한 애였으므로 그 이후 급속도로 악해졌다. 눈앞의 생생한 적과 싸우기 위해 고액 과외까지 받아 가며 칼을 갈았지. 너와의 심리전도 마다치 않고 간간히 걸려 온 정해의 전화도 받지 않았어. 동주야, 그때 왜 그랬어? 그날이 아니라면 너와 나의 2학기는 달라지지 않았을까? 그렇다면 이렇게 눈물을 흘

164

리지 않아도 될 텐데……. 나는 어렸고 여렸으며 어리석었어. 그리고 동주
너도 다르지 않았던 거야. 예전에는 짐작조차 못했던 것을, 이제야 깨닫
는다. 봐, 이래서 계속 살아야 하는 거라고, 씨발……

　그만하고 내일 만나자. 8월 13일. 선영.

　강력한 파도를 한 번 맞고 나면 자잘한 물결쯤은 한결 대하기
수월하다. 오늘 정해가 그랬다. 용정으로 가는 버스를 탔는데도
큰 멀미 없이 룽두레 우물을 거쳐 시인의 모교인 대성중학교에
도착할 수 있었다. '서시'가 새겨진 윤동주 시비 앞에서 사진을
찍으며 선영은 오시비엥침의 벽화 작업을 떠올렸다. 그때 동주에
게 조금이나마 빚을 갚는 기분이었다면 지금은 같은 풍경 안에
만 있어도 좋겠다. 진아가 흔들어 건네는 폴라로이드 사진을 바
라보며 선영은 자신과 정해 사이에 동주를 넣어 본다.

　윤동주의 생가며 명동교회도 보았지만 최종 목적지는 묘지였
다. 패키지여행 코스에 없는, 처음 여행 이야기가 오갈 때부터 잡
은 계획이었다. 사학과 선배에게 알아 온 정보와 명동교회 가이
드가 일러 준 대로 진아가 앞장서서 큰길을 건넌다. 그런데 아무
리 걸어도 묘지로 이어지는 마을이 나타나지 않는다. 잘못 가고
있거나 20분이면 족하다는 말이 엉터리인 것 같다. 태양은 맹렬
히 내리쬐고 바닥은 온통 진흙이다. 주위는 사방천지 펼쳐진 옥

수수 밭을 훑는 바람 소리와 매미 소리뿐.

걷고 또 걸어도 옥수수 밭이 펼쳐진 낮은 구릉이다. 진아는 어쩌다 지나가는 사람을 놓치지 않는다. 중국어로 대화하며 연신 고개를 끄덕이더니 선영과 정해에게 계속 가자고 한다.

길잡이의 사명감 때문인지 진아는 저만치 앞서 가고 진흙을 털던 정해가 문득 선영을 부른다.

"그때 하루 여행 기억해? 그날도 무지 걸었잖아. 더운 것도 비슷하다."

"그러네."

떠올리기 싫은 날이라 선영은 짧게 대답하는데 정해는 단단히 작정한 듯싶었다. 더위에 얼굴이며 팔이 벌겋게 타면서도 목소리에 힘이 들어가 있다.

"그날은 좋았는데 그 이후로 내가 너무 모질게 굴었어. 그래도 동주가 상처 받았을 거라고는 생각 못했어. 동주는 늘 강했잖아……. 정말 미안해."

선영은 걸음을 멈추고 정해 팔을 붙든다. 자기도 모르게 목소리가 올라간다.

"미안하다니? 도대체 뭔 말을 하는 거야, 그거 나보고 하는 소리야?"

선영의 행동이 느닷없다고 느낀 걸까, 정해가 당황한 듯 언성을 높인다.

"나중에 생각하니 동주, 갈수록 이상했어. 긴 편지를 보내지 않나, 한밤중에 전화를 하지 않나, 고함을 지르지 않나. 10월 즈음부터 이미 우울증이었는지 몰라."

"학교에서는 독하게 공부만 했어. 애들에게 따돌림 받는지 모를 정도로 말이야."

"그건 아니었어. 네가 변했다며 원망도 많이 하더라. 그럴 생각은 없는데 자꾸 다투게 된다 하고. 나는 그렇지 않을 거라고 말했지만 한편으로는 그런 네가 이해되기도 했지."

이제 선영의 목을 타고 나오는 소리가 거의 비명에 가깝다.

"아니야. 동주는 한 번도 내게 그러지 않았어. 언제나 말은 짧고 웃지도 않았어. 게다가……."

선영은 그날 카페에서 동주가 했던 얘기를 하려다가 입을 닫고 만다. 그게 다 무슨 소용이란 말인가. 정해도 가만히 있고 어느새 진아도 되돌아와 옆에 섰다. 잠시 뒤 정해가 말했다.

"왜 그랬을까? 네게는 도도하게 보이고 싶었을까? 경쟁심? 그러고 보니 언젠가는 네가 자기보다 공부를 잘할 거라는 얘기도 들었어. 아, 몰라. 중요한 건 내가 동주를 귀찮아 하고 있었다는 거야. 내가 뭐라고……."

선영과 진아는 아무 말 없이 정해 이야기만 듣고 있다.

"난 막 새 친구를 사귀는 중이었거든. 처지가 나와 비슷해서 통하는 게 많았어. 개도 아버지 돌아가시고 큰집에서 살았지. 엄마는 도망갔다 그리고. 친구지만 너희하고는 어쩐지 거북한 구석이 있었는데, 개랑은 그러지 않았어. 함께 공무원 반에 들어가고 취업 지원실에서 미래에 대한 이야기도 많이 나누었어. 간호조무사로 만족하며 살지는 말자고 말이야. 내가 아니라면 그 친구가 공무원에 붙었을 거야. 그러면 나는 간호학과로 진학했겠지. 이런 얘기도 처음이지? 그 친구와 지낸다고 동주에게 신경을 못 썼어. 그게 미안해. 핑계 같지만 내가 빠지면 너하고 잘 지낼 거라는 생각도 있었어. 나와 내 친구처럼 함께 공부하고 꿈을 설계하는……."

왜 우리는 이런 이야기를 지금에야 하는 걸까. 왜 그때 소통하지 못했나. 어떤 몹쓸 귀신에 씌어 있기라도 했던 걸까? 어떤 악마의 사주로 나는 너를 공격하고 정해와도 연락을 끊었던 것일까.

"아, 저기다."

그때 진아가 탄식하듯 내뱉는다. 대화에 끼지 못한 채 하릴없이 주위만 둘러보다가 발견한 모양이다. 선영은 진아의 손끝 너머 구릉 아래의 공동묘지를 본다. 정해도 이끌리듯 진아 뒤를 따라 걷는다. 마치 거기 가면 동주를 만날 수 있기라도 하듯 모두의 걸음이 휘청휘청하다.

詩人尹東柱之墓. 검은 테두리 안에 적힌 일곱 글자, 드디어 비석을 발견한다. 정해가 물을 올리고 모두 큰절을 두 번 올린다. 몇 걸음 떨어진 청년 문사 송몽규의 무덤에도 절한다. 윤동주의 친구니까. 선영은 가방에서 강마마의 게스트하우스 사진을 꺼내 친구들에게 보여 준다. 그러자 정해는 벽화 속에 새겨 넣은 오동주, 라는 글자를 손끝으로 한참 동안 쓰다듬는다. 사진을 넘겨받은 진아 역시 벌게진 눈으로 오래 내려다본다. 선영은 호위무사처럼 무덤을 지키는 나무 아래에 땅을 파고 그 사진을 넣는다. 정해가 가지고 온 동주의 중학교 졸업 사진도 함께 묻는다.

"잘 지내. 나도 열심히 살게."

선영의 말에 정해와 진아도 덧붙인다.

"안녕, 10년 뒤에 또 만나."

"안녕, 늘 기억할게."

연변에서의 마지막 식사, 주말도 아닌 평일 식당에 사람들이 얼마나 많은지 정신을 못 차릴 정도다. 옆에서 들어 보니 아들이 좋은 대학에 가게 되어 잔치를 하는 거라고 한다. 인사하고 노래도 부르는데 흥이 차고 넘친다. 여기 사람들은 한국에서 몇 달 벌어 와 내내 먹고 놀기만 한대. 돈 떨어지면 또 한국 가고. 한국 덕분에 풍요해진 건 사실이나 인성은 많이 버렸다고 해. 그래도 나는 여기가 좋아. 진아의 말을 들으며 선영은 그녀의 손을 살며시 잡아당긴다. 고딩 진아에게 해야 했던 일을 이제야 한다. 미안하다는 말은 않기로, 대신 오래오래 친구로 남자고 선영은 손에 힘을 준다.

호텔에 다다르자 정해는 초조한 기색이 역력해진다. 내일 돌아갈 일이 걱정인 거다. 침대 머리맡에 앉았다가 누웠다가 그야말로 좌불안석이다. 선영과 진아는 짐짓 모른 척하고 탁자 위에 과자와 과일, 맥주를 펼친다. 정해 몫은 정해가 해결해야 할 일, 선영은 한동안 만나기 힘들 진아와 이야기를 하고 싶다. 진아도 같은 생각이었는지 말이 많다. 실실 웃더니 걸핏하면 스마트폰을 들여다보는 이유부터 묻는다. 선영이 남자친구라고 했더니 끼약, 비명부터 지른다.

"그러는 너는 없어? 며칠 있어 보니 연변에 너만큼 예쁜 애가 없던데."

"음, 실은 얼마 전에 고백받았는데 어째야 좋을지 모르겠어."

그러면서 또 끼약, 이상한 소리를 낸다. 그럴 줄 알았다. 제가 하고 싶은 이야기니까 선영도 건드려 본 거다. 아무래도 연애 경력 선배인 선영이 상담 좀 해 주어야 할 판이다.

그때 정해가 발딱 일어선다.

"아, 몰라. 왔으니 어떡하든 가겠지. 나도 술 마실래. 선영아, 나,

큰일 한 거 맞지?"

그 말을 듣는 선영의 팔에 소름이 오소소 돋는다. 한달음에 다가가 눈물 고인 눈으로 바라보는 정해를 가만히 안는다. 정해의 빗장 벗겨지는 소리가 선영에게까지 들리는 듯하다.

정해가 합세하자 자리는 더욱 다이내믹해진다. 정해는 회식에 단련되었다나 어쨌다나 하면서 술을 술렁술렁 잘 마신다. 말이 많아지고 행동도 코믹해져서 셋은 마음껏 웃는다. 스무 살 청춘답게 미래에 대한 이야기도 나온다. 정해는 직장 생활을 하면서 야간 대학에 다닐 거라고 했고, 진아는 연변대 졸업장부터 따고 그 이후는 다시 생각하겠다고 한다. 정해가 선영을 툭 친다.

"우리 보건소에도 네 웹툰 찾아보는 직원이 있어. 네 그림은, 뭐랄까? 예쁜 것도 아니고 잘 그린 것도 아닌데 어쩐지 마음을 당기는 구석이 있어. 아, 원래 만화는 내가 잘 그렸는데……."

그 순간 선영의 머릿속 전구가 반짝거린다.

"아, 그래. 정해야, 우리 웹진에 글 하나 주라, 만화면 더 좋고. 아예 직장 생활을 연재하든지. 너 예전에 날마다 그려 댔잖아. 나는 네가 만화가 될 줄 알았다. 그래, 소질은 네가 있었어."

"호호, 편집장 되더니 번지르르한 말도 잘하네. 내가 할 수 있을까? 보건소 리포터? 아, 몰라. 돌아가서 생각하자."

"잘할 수 있고 말고. 꼭 하는 거다. 약속!"

"그건 그렇고 선영이 너는 앞으로도 계속 그 길로?"

"모르겠어. 일단은 〈풍경과 바람〉 일이 좋으니 매달려야지. 그림 공부도 더 해야 하고 공정여행에도 관심이 많아. 아참, 운전면허도 따야 하고 마음 내키면 검정고시도 칠지 모르겠고. 바쁠거 같아."

밤은 깊어 가고 셋이 나누는 이런 이야기 저런 수다의 끝은 어쩔 수 없이 동주다. 이미 취한 정해를 보며 선영도 취한 척한다. 그러자 죽이 잘 맞는다.

"함께 있으니 이렇게 좋은데, 동주 걔는 뭐냐? 나쁜 년 같으니라고. 겨우 열일곱 살에……. 당장 힘들다고 앞날을 모두 버려? 나는 앞으로도 동주 욕하면서 살 거다."

"그래. 그러자. 서른 살에는 바이칼에서 욕하고."

"마흔 살에는 프랑스에서 욕하고. 진아 씨, 어디 가고 싶어? 쉰살에는 그곳에서 동주 씹자."

"어? 나도 끼워 주는 거야? 음, 나는 아프리카."

"오오, 점점 글로벌! 돈 많이 모아야겠어."

그렇게 셋은 떠들고 마시고 웃는다. 너무 웃어서 그런지 나중엔 눈물까지 흘린다.

정해와 진아가 쓰러져 잠이 들자 선영은 광고판이 점멸하는 창밖을 바라보다 노트북을 연다. 긴 글을 남긴 다음 동주에게 마지막 인사를 한다.

　동주야, 우리의 스무 살 여행기는 여기서 마쳐야 할 것 같아. 이 편지
도 마지막이 될 거 같다. 물론 당분간이겠지만……. 안녕. 8월 14일 밤을
지나 15일 새벽을 맞이하며, 선영 씀.

어린 여행자에게 바침

담 밖.

중도에 학교를 그만두는 학생이 해마다 늘고 있다. 더 이상 사회적 이슈도 아니지만 교사 입장에서는 예사롭게 받아들여지지 않는다. 수천수만의 통계 자료보다 직접 겪는 한 가지 일이 더 절실하고 아프기 때문인데, 나 역시 그런 경험이 여러 번 있다. 유학이나 대안교육으로 방향을 튼 학생이야 웃으며 보내지만 학교가 싫어서, 공부가 힘들어서, 은근한 괴롭힘을 견딜 수 없어 자퇴하겠다는 아이 앞에서는 당황스럽고 마음이 저렸다. 궁색한 논리를 대며 몇 날 며칠설득해 남아 주면 고마웠고 끝내 떠나는 아이를 배웅할 때면 학교와 교사가 아이들을 담 밖으로 내몬 것만 같아 오랫동안 의기소침

했다.

급기야 작년에는 아들로부터 자퇴하고 싶다는 말을 들었다. 솔직히 말해 충격이 더 컸고 불안과 초조의 강도도 셌다. 여린 성격과 성급한 판단이 문제로 보였지만 아들은 거칠고 단호했다. 하여 우리 부부는 마음을 졸이며 조금씩 시간을 유예시키는 전법(?)을 구사해야 했다. 틈나는 대로 함께 걸었고 억지로라도 여행을 떠나 많은 대화를 나누었다. 지금은 아들 스스로 마음을 많이 잡은 듯해 다행(?)으로 여기고 있지만 학부모로서 담 밖 세계를 절실히 고찰할 수 있는 계기가 되었다.

동료 교사의 딸 선영과 여행학교 이야기는 그 이전부터 듣고 있었다. 학교를 자퇴하고 혼자만의 세계에 빠져 있는 자식을 지켜보는 엄마의 심정이야 저절로 이해되었고, 세계 여행을 통해 성장하는 선영을 지지하는 마음도 간절해졌다. 홈페이지에 실린 글과 그림으로만 알던 선영을 한 번 만나기도 했는데 단박에 호감을 느낄 만큼 진중하고 예뻤다. 그 이후 경남 양산에 위치한 '창조학교'와 담 밖 아이들이 내 소설로 들어오게 되었다. 아울러 내가 떠나보낸 학생들과 중심 잡고 버텨 준 아들의 모습도 소설 속에 자리를 잡았다. 우선 나는 현실의 선영과 소설의 선영이 서로를 비추길 바라며 글을 썼다. 조심스러운 작업이었으나 두 선영이 서로 북돋우며 잘 자라 주어 뿌듯하고 행복했다. 아울러 선영의 엄마인 박 선생님과도

낙관적인 이야기를 나눌 수 있어 기뻤다.

담 안.

그렇게 담 밖을 기웃거렸지만 교사인 나의 정체성은 여전히 담 안에 있다. 교실 붕괴다 학교 폭력이다 해서 교육이 무너진 것 같지만 여전히 많은 아이들이 학교를 통해 자신을 가꾸고 타인과 사회를 받아들이는 과정을 배운다. 꼿꼿한 자존심과 사명감으로 헌신하는 교사들 또한 많다. 지금 근무하는 학교는 유독 외롭고 팍팍한 아이들이 많은데 이런 곳이니만큼 학교의 존재 이유가 분명하고 빛나는 교사도 많다. 나 또한 정해 같은 아이를 발견하고 지켜볼 수 있어서, 정샘 같은 분들을 만날 수 있어서 다행이었다. 그러지 않았다면 월급쟁이에 불과하다는 자괴감으로 알코올에 기댄 날이 더 많았을 것이다.

담 밖의 밖.

'세월호' 이야기는 피하고 싶었다. 그동안 자원봉사 한 번 안 했고 특별법 촉구를 위해 피켓을 든 적도 없으니 나는 말할 자격이 없는 사람이다. 그런데도 그 아이들을 호명할 수밖에 없는 건 이 소설의 가장 깊은 겹이 죽음이기 때문이다. 누구나 마찬가지였겠지만, 그날 이후 나는 매사 의욕을 잃었으며 내내 아팠고 갈수록 분노했다. 갑작스럽게 혹은 극단적인 방법으로 담 밖의 밖으로 떠나 버린 내 피붙이와 제자가 떠오르니 생을 틀어쥐는 트라우마가 이렇게 작용하는가 싶었다. 가슴에 무덤을 안고 살아야 할 부모님과 선생님의 평생이 훤히 그려지니 아찔하기 짝이 없다. 그분들에게 선영과 정해의 안간힘이 작은 위로가 되길, 떠나 버린 아이들이 그곳에서는 부디 끝내지 못한 여행을 계속하길, 서투른 백팔배로 소망할 따름이다.

여행자.

성장이란 혼자였던 자아가 타인을 인식하고 다가가는 과정이다. 이 소설의 상징을 빌리자면 풍경이 바람을 만나 소리를 내는 일이다. 풍경이 망가져 있거나 준비가 덜 되어도 안 되고, 바람이 불지 않거나 너무 세차도 아름다운 소리를 이끌어 낼 수 없다. 달리 말하면 관계 맺음이요, 소통의 과정이다.

한편 성장은 일상 속에서 이루어지기도 하지만 뚝 떨어진 공간과 혼자만의 시간 속에서 싹트고 영근다. 여행이란 그러한 사색의 시공간으로의 이동이다. 화려하고 유명한 곳을 관광하는 일이 아니라 자신을 들여다보고 타인과 소통하는 과정인 것이다. 풍경 혹은 바람임을 인식하고 나아간다면 오시비엥침의 선영과 마찬가지로 시장을 걷는 정해도 어린 여행자이다. 이제 나는 담 안팎에서 서성

대는 현실의 아이들이 여행자로 거듭나길, 그리하여 각자 내면의 국경을 넓혀 가길 바라며 이 소설을 바친다.

나와 함께 산을 오르는 사이산행, 국내외를 함께 다니는 김이허오, 산책과 독서로 힘듦을 나누는 우리 학교 동아리 분들께 고마움을 전한다. 이 소설의 많은 모티프가 어린 여행자 출신인 그 선생님들로부터 나왔다.

기획 단계부터 응원을 아끼지 않았던 신정선 편집자 또한 오래 동행하고픈 여행자다. 그녀와 함께 원고를 읽어 준 출판사 식구들께도 감사드린다.

2015년 겨울

강 미

안녕, 바람
난 잘 지내고 있어

초판 1쇄 2015년 1월 10일
초판 6쇄 2023년 6월 5일

지은이 강미

책임 편집 신정선
마케팅 강백산, 강지연
표지 디자인 인수정
본문 디자인 이미연

펴낸이 이재일
펴낸곳 토토북
주소 04034 서울시 마포구 양화로11길 18 3층(서교동, 원오빌딩)
전화 02-332-6255 | **팩스** 02-6919-2854
홈페이지 www.totobook.com **전자우편** totobooks@hanmail.net
출판등록 2002년 5월 30일 제10-2394호
ISBN 978-89-6496-2411 43810

＊탐은 토토북의 청소년 출판 전문 브랜드입니다.
＊이 책의 사용 연령은 14세 이상입니다.